COLLECTION FOLIO

Pierre Moustiers

La paroi

Gallimard

© *Éditions Gallimard, 1969.*

Une paroy entre deux n'empêchera point que je ne soye conjoint d'esprit avec vous.

THÉODORE DE BÈZE,
  Vie de Calvin.

I

Une minute de répit. Anthime reprend son souffle. Il a posé son menton sur la pierre, tout près de sa main recroquevillée. Son nez tranchant, craquelé par le soleil, s'arrête à deux centimètres de la main, au-dessus des veines qui saillent entre les écorchures. Le vent du nord râpe ses cheveux gris, taillés en brosse, brûle ses paupières et fait jaillir des larmes qui gèlent entre les cils. Six heures du matin. Le soleil de glace éclabousse une arête de granit, coule entre les dentelures. Anthime respire à petites goulées contre la pierre. Ses narines fument et le spectacle de cette vapeur blanche le repose; mais le cri de Philippe s'enfonce dans sa nuque comme un clou :

— Bresson!

Anthime ne sursaute pas, ne se retourne pas. Il lève la main d'un geste étriqué pour montrer qu'il a entendu et que cela ne l'intéresse pas. Il mord sa lèvre inférieure. Un beau concours de circonstances, vraiment! Avoir tout combiné pour passer inaperçu et rencontrer précisément ici l'homme que l'on cherche à éviter le premier. Au mois de juin, le refuge n'est pas gardé. Personne ne s'aventure dans les parages. Anthime est arrivé hier soir à cinq heures. La porte du refuge était entrebâillée. Un touriste à l'intérieur, un seul : Costa. Ce Judas a trouvé le moyen de sourire.

La rage inspire Anthime, le distrait de toute prudence. Sur des dalles convexes, il brise ses ongles; mais Philippe gagne du terrain. On le sent derrière le rocher, tout près. Anthime tâtonne, le bras engagé jusqu'à l'épaule dans une fissure. Philippe hoche la tête. Ce n'est pas le bras qu'il faut engager mais le pied. Ah! ces amateurs!

Philippe Costa ignore le hasard et les longues rêveries. Une perte de temps l'afflige comme une perte de substance, comme si le monde satellisé était menacé d'une fuite mécanique. Obtenu dans le désordre de l'intuition, un succès le contrarie. Il veut gagner, à condition d'avoir construit sa victoire et d'en connaître la méthode. Quand il se lance dans une opération immobilière, le résultat final importe moins que la marche à suivre. L'étude du terrain, le choix d'une tactique, le souci d'une perfection manœuvrière le précipitent dans l'action. De nos jours, les hommes d'affaires prennent, à intervalles réguliers, la décision de s'évader : ne plus regarder sa montre, ne plus compter, dissiper une petite fortune avec avidité, côtoyer le vice et cuire au soleil des Caraïbes dans un fauteuil-relax. Ce n'est pas le cas de Philippe qui consacre à l'alpinisme ses jours de congé et se repose dans la dépense physique, aussi méthodique ici que dans l'exercice de sa profession :

— Bresson! appelle-t-il.

Anthime ne répond pas. Une grande colère s'est emparée de lui. Il comptait bien échapper à son poursuivant et la facilité avec laquelle ce dernier l'a rejoint le révolte, l'humilie. Soixante ans. A cet âge, la vertu n'est d'aucun secours. Et ce pharisien triomphe avec sa technique. Au refuge, hier soir, il était attablé dans la cuisine devant une assiette de potage. Il essayait de prendre un petit air enjoué mais ne tenait pas sa cuillère droite. On est passé devant lui sans sourciller pour monter au dortoir. Pas question de manger dans la même salle.

— Anthime! dit Philippe.

C'est un monde ça! Voilà qu'on l'appelle par son prénom! Anthime s'arrête :

— La voie est libre, dit-il. Passez devant!

Philippe reste un peu décontenancé. Un flot de sang colore ses joues d'homme maître de soi :

— Ce n'est pas mon intention, dit-il.
— Et votre intention serait?
— De vous ramener à Sainte-Rose.
— Par la force?
— Par la raison.

Anthime éclate de rire. Une crevasse s'ouvre à la commissure de ses lèvres :

— L'alpinisme n'est pas un service municipal. Pas encore. Si vous voulez me dépasser, la voie est libre. Sinon, descendez! Personne ne vous retient.

— Attendez! crie Philippe en se précipitant à la hauteur d'Anthime.

Les deux hommes se dévisagent en silence, incapables, l'un et l'autre, d'émettre un son; Philippe parce qu'il est ému jusqu'au fond du cœur, sans motif défini; Anthime parce que l'émotion de Philippe le distrait de sa propre colère et le paralyse un peu.

— Vous ne pouvez pas aller là-haut tout seul, dit Philippe. En vous exposant, c'est l'équipe de secours que vous exposez. Si vous tenez vraiment à vous suicider, choisissez d'autres moyens!

— Nous y voilà!

Anthime a changé d'expression. Sa voix est devenue presque douce. Son regard chargé de violence intérieure paraît moins agressif. Une lueur ironique brille au coin de ses prunelles et cette lueur indispose Philippe.

— L'argument officiel! dit Anthime en souriant.

Philippe réprime un petit mouvement nerveux de ses doigts. Sur ses lèvres se pressent toutes les réponses logiques, tous les raisonnements classiques. Oui, l'argument officiel. La vérité n'est pas toujours du côté des francs-tireurs. On peut avoir le bon droit, la raison, la popularité pour soi, sans se réfugier moralement derrière ces paravents. Les grands sentiments publics ne sont pas forcément en désaccord avec l'honneur privé. Mais une lassitude insidieuse affecte la volonté de Philippe. Sur cette face nord, les mots faciles ne viennent pas :

— Enfin, dit-il, vous devriez comprendre...

Il s'étonne, en même temps, de parler sur un ton qui manque à ce point de netteté, de conviction. Pourtant, n'est-il pas convaincu? Est-ce par calcul, par intérêt qu'il veut sauver cet exalté, le mettre à l'abri d'une expérience fatale? Tout le monde l'approuverait, rendrait hommage à son esprit civique. Tout le monde... sauf le principal intéressé qui sourit bêtement.

— Non, merci! dit Anthime.

— Dans ces conditions...

— Dans ces conditions, vous redescendez et je continue.

— Non! Je reste avec vous.

Cette fois, Philippe a parlé sur un ton net. Il en est le premier saisi. Car enfin, rien ne laissait prévoir une pareille décision. Rester avec Anthime quand on est attendu, ce soir, à Sainte-Rose. A-t-on seulement emporté le matériel de bivouac? Tout se passe comme si le vieux maniaque tirait les ficelles et mettait son grain de folie chez les autres.

— Il n'en est pas question, dit Anthime. Passez devant!

— Non! Je vous suivrai, répond Philippe.

C'est la deuxième fois qu'il prend une grave résolution sans réfléchir. Sa gorge est sèche. Il avale sa salive avec effort. Anthime l'observe avec plus de curiosité que d'humeur :

— A votre aise, dit-il. Mais n'essayez pas d'intervenir si vous me voyez en difficulté. Pas un geste, vous m'entendez?

— C'est une menace.

— Peut-être. En tout cas, ce n'est pas une plaisanterie.

Anthime regarde sa montre, tourne le dos à Philippe et recommence à grimper. Il n'a pas lu l'heure sur le cadran. Trop d'impressions contradictoires, trop de sensations l'empêchaient de voir. Philippe, lui, a regardé sa montre, au même instant : sept heures moins le quart. Vendredi 7 juin 1967. Sept heures moins le quart. Dans le ciel au sud, des filaments blanchâtres ont tissé un voile dont l'extrémité caresse un pic. Ce voile retient l'attention de Philippe. Le vent tournerait-il ? Il s'agit, à présent, de mettre de l'ordre, de faire le point et de reprendre, dans une certaine mesure, l'initiative des opérations. D'abord, quel principe adopter ? Quel principe de marche ? C'est la première question. « Je vous suivrai » : en fait, cette proposition n'engage à rien. Il est bien évident que si les choses se gâtent, Philippe interviendra, encordera Anthime et prendra la tête, quitte à l'assommer s'il le faut, à le ficeler comme un paquet. Mais cet abruti serait capable de sauter dans le vide. Le geste romantique par excellence. Non ! Éviter les solutions directes. La fatigue agit sur l'esprit comme l'alcool, on voit des formes imaginaires, on confond deux réalités, on se heurte à des évidences que l'on conteste. Il faudra compter sur elle pour aider Anthime, pour le gouverner à son insu. La tâche sera rude.

Philippe qui a l'habitude d'aligner des projets sur sa conscience, de les étaler comme des pièces d'étoffe en effaçant les plis, se contente, aujourd'hui, de vagues hypothèses. Comment pourrait-il en être autrement quand ses motifs demeurent obscurs? Il suffirait, pour y voir clair, de répondre à quelques questions précises. Par exemple, pourquoi a-t-il pris une décision aussi brusque, hier, dans la matinée? On ne quitte pas le bureau un jeudi. Jeudi, vendredi, cela fait deux jours de congé; et c'est le vendredi, normalement, que le Conseil général téléphone. Il était neuf heures et demie. Philippe avait éprouvé soudain le désir de sortir, de marcher. C'est du moins l'explication qu'il se donne quand il prend le parti de s'interroger. Il sait très bien, pourtant, qu'un homme de sens rassis n'abandonne pas une affaire en cours pour se dégourdir les jambes. Un quart d'heure plus tôt sa secrétaire lui avait parlé d'Anthime qu'elle avait rencontré dans la rue, sac au dos. Mais il n'y avait aucune corrélation possible entre cette information sans intérêt et la décision qu'il venait de prendre : gagner le refuge dans l'après-midi. Philippe n'avait pas la moindre envie de rencontrer Anthime qui, depuis deux ans, refusait de lui adresser la parole. Quand Anthime avait poussé la porte du refuge, sept heures plus tard, Philippe était demeuré sidéré. Il venait d'allumer le poêle de fonte, avait préparé un bon potage et s'était attablé avec l'intention de faire un repas copieux. Anthime lui avait coupé l'appétit. Une scène ridicule, absurde : deux hommes qui se rencontrent dans une solitude totale, à trois mille mètres d'altitude, quand la neige est encore haute. Le premier sourit. Le second lui tourne le dos. Mais là n'est pas la question. On ne pouvait accuser Philippe d'avoir manigancé quelque chose, d'avoir forcé le destin. En quittant le refuge, ce matin, à quatre heures, il n'avait pas l'intention d'engager un match-poursuite. Pourtant, c'est exactement ce qu'il a fait. Comment expliquer, aujourd'hui, ce mystère équivoque? Les mots — à plus forte raison les symboles — ne sauraient le satisfaire ni le rassurer. Il éprouve cependant un sentiment de certitude occulte, tandis que sa conscience, comme un disque usé, dérape sur le participe « engagé ». Inutile de regarder ce voile blanc, là-bas, qui a commencé son lent travail de corruption. Philippe n'a pas besoin de signes pour savoir. Il sait.

Anthime, lui, ne sait rien. Ses actes l'accaparent, lui inspirent des sensations animales ou poétiques dont la définition se perd dans une confusion totale. Il monte et tout lui paraît mesquin en face de cette réalité : gagner du terrain en hauteur, se détacher progressivement des lieux troubles où l'air s'épaissit, où les êtres circulent comme des insectes. Aucun artifice, aucune théorie dans son exaltation. Il s'évade à la manière des écoliers, n'écoute plus le maître, la classe, et s'épanouit dans un concept de liberté élémentaire : les coudées franches. Ici, tout est solide, tout est vrai, le ciel comme le granit. Chaque prise vérifiée entraîne un progrès qui n'abîme rien, qui n'écrase rien, qui ne dégrade personne. Monter! Dans quel dessein? La question inéluctable et stupide! Allez demander à un petit garçon pourquoi il saute, pourquoi il chante. Votre but, jeune homme? Vos motifs d'existence? Il ne sait pas. Il s'en moque. On se moque toujours un peu de ce qu'on a.

Tout de même, l'excitation euphorique d'Anthime est un phénomène paradoxal à constater au moment où, loin d'avoir les coudées franches, il trouve un importun qui le serre de près. En fait, échauffé par son dialogue avec Philippe, Anthime, coupant les ponts et se tournant résolument vers la montagne, persuadé d'être toujours emporté par l'indignation, s'est senti plus jeune, plus fort, plus décidé que jamais. Ses jambes l'ont mieux porté; ses doigts ont crocheté la roche avec plus de maîtrise. Le sentiment de marcher en tête, d'être le premier a fini par lui donner en cachette une émotion de supériorité, en même temps qu'une certaine paix. Pas une seconde, bien sûr, il n'a pensé à se réjouir de sa solitude perdue. Au contraire, la conscience d'être suivi n'a jamais cessé de le contrarier, de lui proposer une manière d'irritation systématique. Cependant, on ne saurait douter du rythme nouveau qui l'habite et de l'expression optimiste de ses actes.

Philippe, qui l'a d'abord suivi à distance, se rapproche insensiblement. Son intention est de l'habituer à sa présence, en procédant par degrés. Car il ne faut pas se leurrer. Le rocher vertical, impressionnant à voir, n'offre aucun problème sérieux pour l'instant. Les prises sont bien réparties, sans traquenard. Les conditions ne vont pas tarder à changer. Philippe a l'expérience de ces complaisances de la montagne qui précèdent généralement un passage très dur. Déjà, la roche paraît moins sûre; elle s'émousse en graissant un peu le doigt. Où est donc passé le granit? Il faut se rendre à l'évidence : du schiste! Du schiste qui s'effrite. Anthime n'a pas l'air embarrassé, lui. Ce terrain pourri lui convient. Il rampe, s'arc-boute, zigzague, mais voilà qu'il se casse en deux, les membres recroquevillés. Il crie :

— Attention à vous!

Un bloc s'est détaché, a glissé sous son ventre, passe entre ses jambes, tombe dans le vide et se brise à quelques mètres de Philippe qui a eu le temps de se mettre à l'abri.

— Pas de mal? demande Anthime en assurant sa position.

Philippe ne répond pas tout de suite. C'est bien mon tour de l'agacer, pense-t-il. En même temps, il se réjouit de cet accident anodin qui va peut-être faciliter les contacts.

— Pas de mal? répète Anthime, un ton plus haut.

Il se retourne, au risque de perdre l'équilibre, et vocifère :

— Costa?

— Oui, répond Philippe d'une voix posée.

— Vous êtes touché?

— Non! et vous?

— Il ne s'agit pas de moi.

Anthime serre les dents, se rétablit sur des ressauts cassants. Le flegme de Philippe le désarme et l'exaspère à la fois. Il ne veut pas reconnaître qu'il se sent soulagé. A l'instant, quand Philippe faisait la sourde oreille il a cru l'avoir assommé. On a beau le mépriser, souhaiter son départ, sa disparition définitive, c'est presque émouvant de l'entendre parler. On respire plus librement. Anthime a trouvé une plate-forme. Il s'arrête et s'empresse d'étudier l'itinéraire, le regard dressé vers les dalles superposées qui commencent là. En fait, inconsciemment peut-être, il attend Philippe; mais celui-ci tarde malicieusement à le rejoindre, fait semblant de tâtonner :

— Envoyez la corde! dit-il.

Anthime n'en revient pas. Se moque-t-on de lui? Mais non! Philippe a trop d'amour-propre. S'il réclame un secours, il le fait sous l'empire de la nécessité. Une bouffée d'orgueil précipite le souffle d'Anthime. Il décroche son sac, s'empare de la corde, l'attache à sa ceinture par un brin, l'enroule autour de son épaule fébrilement et lance l'autre brin à Philippe :

— Tenez bon! J'assure.

Philippe s'attache solidement et monte, sans se presser, marquant des temps d'arrêt, à intervalles réguliers, pour permettre à Anthime de tirer sur la corde et de se sentir indispensable.

— C'est idiot, dit-il en arrivant sur le replat, mais dans le schiste j'ai la frousse.

Pas un mot de plus. La note juste. Anthime se détend intérieurement. Un homme qui reconnaît avoir la frousse inspire toujours un peu de confiance et de sympathie, même s'il s'agit d'un tartufe.

— Moi non! dit Anthime modestement. Le rocher pourri m'amuse.

Il s'accuse aussitôt d'avoir trop parlé, de s'être laissé gagner par un sentiment de familiarité coupable, détache la corde de sa ceinture et demande à Philippe d'en faire autant.

— Pourquoi? répond celui-ci dépité. Vous n'allez tout de même pas la remettre dans le sac? Je vous promets de marcher en second.

Anthime réprime un petit tic nerveux de la lèvre supérieure, secoue la tête et rougit. Qu'est-ce que c'est que cette comédie? Philippe Costa, alpiniste chevronné, virtuose de l'escalade artificielle, remorqué comme un vulgaire touriste! La ruse est cousue de fil blanc. Anthime Bresson ne tombera jamais dans le panneau. On compte sur la vanité pour l'aveugler, pour le manœuvrer comme un toutou.

— Oui, dit-il froidement. Je vais la remettre dans le sac.

Philippe défait le nœud de sa ceinture avec des gestes lents :

— C'est insensé, dit-il. On ne s'aventure pas en solitaire sur une paroi de ce genre, avec l'équipement que vous avez. Ici, commencent les dalles. Il est obligatoire de s'assurer sur des pitons; sinon, vous ne passerez jamais.

— Nous verrons bien. Donnez-moi la corde!

Philippe obéit, de mauvaise grâce :

— C'est insensé, répète-t-il.

— Entre autres choses. Une dernière fois, Costa, passez devant!

— Non! J'ai résolu de vous suivre.

— A distance, s'il vous plaît. Il m'est désagréable d'être serré de près.

Philippe détourne la tête, afin de contrôler d'une manière correcte le sentiment brutal qui l'envahit. Peut-être en serait-il incapable si le visage d'Anthime n'avait pas quitté son champ visuel. La colère éclate souvent à propos d'un détail physique : ces angles, par exemple, qui, du nez au menton, donnent au profil d'Anthime une expression d'entêtement rapace. Philippe pourrait écraser ce profil. Mais sans doute est-il trop lucide pour ne pas se dresser d'abord contre lui-même. Quelle situation grotesque! On le congédie. Vous pouvez disposer, monsieur le Maire. Et lui s'accroche, mendie. Il faut se ressaisir immédiatement, reprendre l'affaire en main, appliquer les principes ordinaires. Indifférence mathématique. Mais on ne peut trancher la question sans connaître ses motifs intimes. Anthime a raison. L'alpinisme n'est pas un service municipal. Qui est le plus fou des deux : le forcené qui suit son propre destin ou l'homme raisonnable qui veut l'accompagner sous des prétextes diffus? Philippe pense à sa femme qui l'attend, ce soir, à Laurence qui doit jouer sur la pelouse entre deux poupées; mais il y pense mal, sur un rythme qui ne laisse pas à sa conscience le temps de se poser. D'ordinaire, quand il s'agit de Suzanne ou de Laurence, sa mémoire intervient avec autorité; les souvenirs défilent en ordre, encadrent le présent comme des sentinelles, préparent l'avenir. Suzanne-Laurence, c'est un peu la raison d'être de toute conduite, de toute action, la clé du mécanisme. On travaille pour elles, dit-on. En fait, les choses vont plus loin. Pour elles, « on tourne rond ». Ces êtres fragiles ont besoin d'équilibre, d'ordre installé. Aux égoïstes, aux célibataires, il faut abandonner la soif de l'espace, le songe invertébré. A dix-huit ans, Philippe rêvait de terre Adélie. La mort de son père et le mariage l'ont délivré de l'adolescence. Comment se fait-il aujourd'hui...

Philippe regarde Anthime aux prises avec la première dalle. Quel gaspillage! Quelle anarchie dans le geste! Tant de risques pris inutilement! Ce vieillard est vraiment trop bête. Il suffisait de poser un piton et d'obliquer à droite et le voilà qui s'éternise au centre dans une impasse. Philippe voudrait maintenant se désintéresser d'Anthime et redescendre. Suzanne l'attend. Laurence joue sur la pelouse avec sa poupée. Il faut redescendre. Je suis Philippe Costa — se dit-il — homme de bon sens, homme ponctuel, maire de Sainte-Rose et propriétaire d'une chaîne d'hôtels. Marié, père de famille, scrupuleux dans l'accomplissement de tous ses devoirs. Le contraire d'un dilettante, d'un songe-creux. Je n'ai rien de commun avec Anthime Bresson. Suzanne! Laurence! Laurence, ma petite chérie!

Hélas! Il est impossible de penser sur commande aux êtres que nous aimons. Philippe a beau se tourner mentalement vers sa femme et vers sa fille, les appeler tendrement, Anthime est toujours au milieu. Anthime dispose de son attention. Il n'a pas avancé d'un centimètre. Son bras gauche, distendu, n'arrive pas à se coincer dans une fissure bouchée et son pied droit commence à trembler. Il va tomber. C'est inévitable, automatique. On ne peut tout de même pas le laisser crever. Philippe n'éprouve aucune sympathie à son égard, aucune pitié. S'il souffre de ne pas lui venir en aide et s'il est prêt à se sacrifier pour le faire, le sentiment qui l'inspire est d'ordre impersonnel, mécanique — du moins le pense-t-il. L'inexpérience d'Anthime, ce cafouillage suicidaire sur une dalle aussi bien coupée offre aux regards du spécialiste un spectacle intolérable. On ne peut qu'intervenir pour le faire cesser. Mais le vieux cinglé pourrait se défendre, repousser les assauts du sauveteur, l'entraîner dans le vide avec lui. Le voilà qui vient de glisser! Dix centimètres seulement. Chute contrôlée. Il a compris qu'il fallait chercher ailleurs. Mais non! Pas sur la gauche, imbécile! Seigneur! Où va-t-il?

Anthime ne le sait pas. Il jette les doigts au hasard devant lui, les frotte contre la roche sans conviction, ne se fiant qu'à sa propre ténacité, qu'à son obstination aveugle. Il compte sur la bonne fortune une fois de plus, sur le bon Dieu des innocents et des ivrognes; et pourtant... Pourtant, le moral n'y est pas. Quelque chose vient de s'user, de casser dans son ardeur au combat. C'est la faute de Costa. Avec son histoire de corde, il a brouillé toutes les cartes. Impossible, à présent, de croire à ce qu'on fait! Anthime sent un creux derrière lui. La solitude qui le surexcite d'ordinaire imprime à son cœur des mouvements paresseux. Il regrette de ne plus être attaché. Cette corde lui aurait donné des forces nouvelles, un talent insoupçonné. Philippe n'en serait pas revenu. Où est-il maintenant? Loin, sans doute.

Peut-être redescend-il?

Non! Philippe ne redescend pas. Il monte. Son intention est de rejoindre Anthime discrètement. Impossible, dans ces conditions, de planter un piton. Il ne faut pas attirer l'attention du vieux schnock. Philippe grimpe sans prendre la précaution de s'assurer. Le passage est délicat mais, avec des doigts de fer, avec cette science de l'équilibre et cette technique des plans lisses, avec cette colère surtout qui vous électrise, on en vient facilement à bout. Philippe se trouve, maintenant, à deux mètres au-dessous d'Anthime qui, apparemment, ne se doute de rien. Il s'agit, à présent, d'opérer vite et bien. Philippe plante un piton dans une fissure bouchée qui ne lui résiste pas, s'assure au mousqueton de ceinture et tire sur l'extrémité libre de la corde enroulée autour de son épaule afin de pouvoir attacher Anthime, le cas échéant. Fini, le chanvre! Périmé! Du nylon rouge, imputrescible.

Anthime a entendu les coups de marteau. Est-ce possible? Le boy-scout sur ses talons! N'en sera-t-il jamais débarrassé? La rage immédiatement le reprend, tandis que la confiance lui revient. Il amorce une traversée périlleuse sur la droite, mais il a trop préjugé de sa résistance nerveuse et musculaire; sa jambe gauche, à moitié paralysée par des contractures, ne s'écarte pas assez, manque l'écornure qui aurait pu lui servir de point d'appui. Les doigts voudraient s'enfoncer dans la pierre; ils se contentent de la griffer, tandis que l'équilibre n'est plus maintenu. Heureusement, Philippe s'est déjà précipité; un pied sur le piton, l'autre tendu sur le rocher en opposition, il bloque d'une main la jambe d'Anthime:

— Ne bougez pas! dit-il.

— Laissez-moi! grogne Anthime en cherchant une prise qu'il ne trouve pas.

Son souffle devient rauque. Il produit un effort inouï, sans résultat, comme dans les cauchemars quand on n'arrive pas à ouvrir une porte.

Philippe ne l'écoute pas. Sans lâcher la jambe d'Anthime, il tire un piton de sa poche et réussit à le faire tenir dans une fissure, la tête en haut. Si Anthime remue, le clou simplement posé tombera. Il faudra recommencer. Anthime, pour l'instant, ne remue pas. Philippe saisit le marteau doucement et frappe sur le piton avec des attentions d'orfèvre, le buste écartelé, la main gauche crispée sur le mollet d'Anthime. Victoire! Le clou est planté. On peut s'appuyer dessus et contrôler plus sérieusement la position d'Anthime, laisser le mollet, par exemple, et harponner l'anneau du sac de montagne :

— Maintenant, je vous tiens, dit Philippe. Tâchez d'attraper le piton!

Anthime néglige ce conseil et finit par se rétablir sur des « grattons ». Équilibre précaire.

— Lâchez-moi! souffle-t-il. Je n'ai plus besoin de vous.

Philippe obéit, s'assure au mousqueton de ceinture sur le deuxième piton, puis, en un tournemain, glisse l'extrémité libre de la corde rouge sous la taille d'Anthime et fait un nœud. Ouf! Ficelé, le vieux!

— Inutile de gaspiller vos forces, dit-il. Vous pouvez vous fier au nylon.

Anthime fait mine de détacher la corde; mais Philippe tire violemment sur celle-ci :

— Pas ici, dit-il. Plus haut!

La secousse arrache Anthime au rocher, mais la corde tendue le remet d'aplomb. Il grimpe, sans comprendre, hébété, s'accroche même au piton que Philippe vient de quitter. Au fait, où est donc passé Philippe? Il est là-haut, déjà, sur une vire. Comment a-t-il fait pour monter si vite? Le voilà qui tire sur la ficelle, à présent. Pas si fort, animal! Une grande lassitude s'est emparée d'Anthime dont les gestes raisonnables n'ont plus aucune signification. Il pose les doigts sur de bonnes prises, met le pied où il faut, les yeux mi-clos. Sa tête vide oscille sur un cou flexible et suit les tiraillements de la corde. Mais cette crise d'inconscience est de courte durée. Il reprend ses esprits, en arrivant sur la vire, et le sentiment de sa défaite l'accable, lui donne la nausée :

— Je vous avais demandé, dit-il, de ne pas vous occuper de moi, de me laisser en paix.

Puis, après avoir toussé, il ajoute d'une voix creuse :

— Ce n'est pas loyal.

Philippe voudrait prendre la chose à la légère, plaisanter gentiment, en homme de gouvernement qui serre la main de ses adversaires ou leur offre un verre : « Allons! mon ami, dirait-il, ne faites pas cette tête-là! Vous m'avez étonné, depuis ce matin. Étonné! A votre âge, venir jusque-là! Tant d'énergie! Tant de courage! » Non! Il ne faudrait pas parler de courage, mais dire seulement : « Chapeau! », avec une conviction de boulevard. Malheureusement, Philippe se sent incapable de plaisanter. Une émotion désagréable étreint son cœur. Pitié? Remords? Tristesse? Il ne saurait définir l'impression de culpabilité nostalgique qu'il ressent. La voix creuse d'Anthime le poursuit et le souvenir de cette toux qui a précédé la petite phrase insolite : « Ce n'est pas loyal. » Pas loyal! Quand on risque sa vie pour un ingrat, quand on change toutes ses habitudes pour lui, quand on endure patiemment son mépris, sa hargne. Philippe en appelle à la justice, à la raison populaire. Qui ne rendrait hommage à sa conduite charitable, à son abnégation? Qui douterait de sa vertu, de son désintéressement? Mais quand on est adossé au rocher, sur cette vire étroite, en compagnie d'un homme silencieux qui ne vous aime pas, les sentiments publics résonnent si mal! On est la proie de sensations intimes, de mouvements sourds, de cette alchimie désuète qui déforme tout, décompose tout.

— Il est impossible de franchir les dalles rouges sans pitons, dit-il. Pourquoi se raccrocher à un conte de fées?

— Oui, pourquoi? Vous avez raison, répond Anthime sur un ton neutre.

Il défait le nœud de sa ceinture et tend la corde à Philippe :

— Vous avez raison, dit-il, et cela m'est indifférent. Reprenez votre bien et laissez-moi seul!

Philippe ne prend pas le brin tendu. Anthime le laisse tomber. Le brin se balance comme un pendule, à deux mètres au-dessous des pieds de Philippe. Les deux hommes ne se regardent pas, ne bougent pas non plus. On entend le cri d'un choucas, puis un bruit d'herbe froissée sur la pierre nue. Le vent s'infiltre peut-être. Pourtant, l'air n'a jamais paru aussi homogène, aussi figé. A l'horizon, les crêtes plongent sous un amas de fils blancs, tandis que le ciel jaunit au-dessus.

— C'est bête, dit Philippe. J'aurais aimé faire cette course avec vous.

Il a parlé sans le vouloir. Les mots lui ont échappé; et cette manière de froncer le sourcil, de gonfler les lèvres d'un air boudeur lui a échappé aussi. L'espoir change de camp.

Anthime éprouve, soudain, une violente envie de rire. Quelle aventure cocasse! Toutes les pistes sont emmêlées. On ne s'y retrouve plus. Mais Anthime ne rit pas. Sa bouche fendillée tremble un peu :

— Je regrette, dit-il sans intonation précise. Vous allez redescendre, n'est-ce pas?

Philippe ne répond pas, fouille dans la poche de son anorak, en tire une tablette de chocolat vitaminé, la partage en deux et en donne la moitié à Anthime :

— Il faut manger souvent et en petite quantité, dit-il.

Anthime hésite un peu, prend le chocolat, en croque un morceau à contrecœur :

— Qu'est-ce qu'on a encore collé là-dedans? demande-t-il.

— Vitamine B. Ça vous effraie?

— Pas exactement.

Philippe rit. Un rire si jeune. Anthime tressaille. Des souvenirs sans forme, sans visage affluent dans son esprit : il a vingt ans; le vin coule quelque part, derrière lui; peut-être dans un quart en aluminium; des camarades hilares; on se bouscule... Ces détails ne signifient rien. Il retrouve le goût du vin sur la langue, le goût de l'air froid, le goût de cette insouciance heureuse : générosité des artères et des muscles. Mon Dieu! Retenir ce trésor. Rire comme autrefois!

— Dans ma gourde, dit-il, j'ai du thé. Prenez-la dans mon sac! Ce sera plus facile.

Philippe n'aime pas le thé mais il se garde bien de l'avouer. Il plonge la main dans le sac d'Anthime. Quel désordre! Des biscuits écrasés sur un foulard, et la gourde n'est qu'à moitié bouchée; le liquide a coulé sur un tricot et sur le pain.

— Excellent, dit-il en buvant. Voulez-vous un œuf dur?

— Non, merci!

— Il ne sera pas vitaminé. Rassurez-vous!

Anthime sourit. Quel repos d'être naïf, de ne plus marchander sa confiance, de croire en l'avenir, comme un innocent! Oublier. Quelle tentation! Ses lèvres se contractent légèrement :

— Vous n'avez pas répondu à ma question, dit-il.

— Je n'ai pas envie de redescendre.

— Dans ces conditions, c'est moi qui descends.

Philippe ébauche un geste découragé :

— A votre aise, dit-il, mais vous allez vous tuer. Sans pitons, où poserez-vous le rappel? Le rocher ne s'y prête pas.

— Alors, descendez! Et laissez-moi monter!

Philippe serre les dents :

— Je devrais...

Il allait dire : « vous assommer », mais, au prix d'un effort douloureux, il parvient à retenir sa langue. Une grimace alourdit ses traits, le vieillit. Anthime l'observe avec une surprise anxieuse. En même temps son cœur se dilate. Il est presque heureux.

— Écoutez, dit Philippe d'une voix altérée. Seul, vous n'arriverez jamais au sommet. Vous le savez. Échouer, faute d'équipement, ou renoncer à cause de moi, cela revient au même, finalement : un échec. Alors, je vous propose une chose : montons ensemble; avec votre corde, si vous préférez. Nous prendrons la tête à tour de rôle. A tour de rôle, je vous le promets.

Anthime hausse les épaules. Ses jambes lui paraissent lourdes. Il est très las. On entend à nouveau piailler le choucas.

— Je vous le promets, répète Philippe.
— D'accord! dit Anthime.

Il lui reste un morceau de chocolat vitaminé dans la main. Il le porte à sa bouche.

II

La nuit tombe avec une lenteur indécise.
A force de regarder l'horizon, Philippe se
demande, parfois, si la lumière n'augmente
pas. Le soleil est passé derrière un nuage à
tête de lion, puis derrière la montagne que
cachait le nuage, et le ciel, là-bas, brûle toujours : un rouge épais, vineux que cernent
des masses de plomb. La température s'est
radoucie. Mauvais signe. L'eau ne gèle même
pas et l'air qui se fige d'ordinaire au crépuscule semble, au contraire, se ranimer. Un
souffle humide glisse sur la roche, agace les
narines et la peau. Philippe regarde autour
de lui le matériel rangé, bien amarré, et se
souvient de tout le mal qu'il s'est donné pour
convertir Anthime à l'ordre, à la logique, à
l'organisation. Encore plus difficile que d'escalader une dalle sans pitons. Anthime, d'ailleurs, n'est pas converti. Il a cédé par distraction... ou par sympathie. Cet ours mal

léché est capable d'être gentil. Philippe rit silencieusement. Quelle aventure! Si l'on veut analyser les événements de la journée, leur trouver une signification, une cause, on finira par adopter cette conclusion péjorative : Philippe Costa n'est plus responsable de ses actes. Il vaut mieux, dans ces conditions, ne pas chercher à comprendre et s'occuper du présent, de l'avenir, plutôt, car le présent est tout tracé : dormir. Il faut dormir. Philippe ferme les yeux sans conviction. Il aimerait parler à Anthime mais n'ose pas. Des relations presque courtoises se sont établies entre eux, mais la glace n'est rompue qu'en surface. Pour adresser la parole à Anthime, il lui faudrait un sujet de conversation utile; par exemple, une remarque sur le temps ou sur l'équipement. Il cherche, en vain, quelque chose d'important, de nécessaire. Sa conscience se dérobe, penche du côté de l'imagination, de la fantaisie. Je ne suis plus le même, songe-t-il. Quelque chose en moi s'interpose qui diffère essentiellement de moi. Mais cette découverte ne l'étonne pas, ne le trouble même pas. Après tout, je n'ai que trente-neuf ans. Le caractère n'est pas immuable; la personnalité non plus. Une petite crise. Une fugue. Tout rentrera dans l'ordre demain ou après-demain. Dans deux jours, au plus tard, nous serons à Sainte-Rose.

Philippe n'est pas dupe des propos optimistes qu'il se tient. Il sait que le temps va changer, que l'orage éclatera plus ou moins tard et qu'aux difficultés techniques vont s'ajouter des problèmes de sécurité pratiquement insolubles. Il sait qu'Anthime, avec ses partis pris loufoques et son amour-propre inflexible, lui donnera, en pleine tourmente, de solides épreuves. Il faudra prévoir un deuxième bivouac. Un troisième, peut-être. De toute manière, cette affaire durera plus de deux jours.

Philippe ouvre les yeux. A l'horizon, le ciel s'enfume et les nuages noirs resserrent leur étreinte. La lumière rouge n'apparaît, désormais, que par filaments, tandis que la montagne est dissoute, noyée dans une lave violette. Philippe frissonne et cherche Anthime du regard. S'il s'était détaché! On ne sait jamais ce qui peut lui passer par la tête. Non! Anthime ne s'est pas détaché. Philippe aperçoit la corde et le mousqueton qui brille. Pas de danger qu'il dévisse. Quatre pitons dans le roc. Quelle histoire pour en arriver là! Anthime estimait qu'un anneau de chanvre, autour du rocher, suffisait. En fait, c'étaient les pitons qui le rebutaient. Il ne voulait même pas les toucher : « Vous croyez que je vais passer la nuit suspendu à ça? » Il avait fallu jouer la comédie, faire un peu de chantage sentimental : « Et moi, je ne dormirais pas si vous refusez. Pourtant, j'ai besoin de me reposer; croyez-moi. »

Philippe n'a pas envie de dormir. Il ne sent pas, non plus, le besoin de se reposer. D'habitude, il s'endort quand il veut. Il lui suffit de fermer les paupières. Mais aujourd'hui les cils remuent imperceptiblement, le chatouillent. Il aimerait marcher encore, se dépenser dans le rocher, au lieu de le faire en imagination. Les mouvements de la journée ne l'ont pas quitté. Allongé dans son sac en duvet, les pieds en avant, sur la roche inclinée — en fait, les pieds ballottent dans le vide — il répète de mémoire, inlassablement, le geste de saisir une prise, de ramener la corde, d'assurer Anthime. C'est comme un petit moteur qui tourne à vide et cette mécanique obsédante l'épuise et l'excite à la fois. Pourtant Philippe avait attendu l'heure du bivouac avec impatience. Il comptait beaucoup sur l'inaction, sur l'immobilité pour faire le point. Le mouvement imprime à la pensée un rythme particulier qui lui permet de s'exercer sans prêter attention à cet exercice. Au lieu de cerner une idée, de tourner autour avec insistance, puis de descendre au fond des choses, on la quitte pour une voisine. L'esprit trouve une sorte d'équilibre physique dans l'inconstance. C'est ce qui se passe, actuellement, pour Philippe. Impossible de dresser et de suivre un programme de réflexions. Le plus sage est d'évoquer des souvenirs récents qui s'accordent à l'action fictive où la conscience est engagée. Par exemple, quand Anthime a pris le commandement de la cordée... Mais la mémoire, non plus, n'accepte pas d'être dirigée; elle se pose, par amour de la contradiction, sur un autre souvenir : Anthime, au départ, quand, lui, Philippe, a pris le commandement. Minute cruciale. Normalement, les choses auraient dû se gâter. Anthime venait d'accepter sa proposition :

— D'accord! avait-il dit.

Et ce mot : « d'accord » résonnait comme une victoire dans la tête de Philippe, précipitait les battements de son cœur. Il éprouvait, en même temps, un sentiment de gratitude difficilement explicable, une allégresse comparable à celle du candidat que l'examinateur vient de féliciter. Malheureusement, la suite se présentait mal. Pour bien faire, Philippe aurait voulu donner, tout de suite, le commandement à Anthime. Hélas! Le terrain ne s'y prêtait pas. Sur ces dalles sans aspérités, l'amateur n'avait aucune chance. Il s'agissait de le mettre au courant. Casse-tête diplomatique. Finalement, Philippe avait préféré ne se lancer dans aucune explication. Il s'était servi de la corde pour détourner la susceptibilité du vieux schnock :

— On laisse la mienne et on prend la vôtre, avait-il dit. Vous avez tort de ne pas avoir confiance dans le nylon. C'est plus léger, plus solide et le chanvre, par-dessus le marché, absorbe l'eau.

— Possible, mais je préfère le chanvre. Affaire de sentiment.

— Parfait! Je m'attache le premier, vous permettez?

Anthime avait un peu sourcillé, mais aussitôt Philippe avait reparlé de la corde :

— Pour moi aussi c'est une affaire de sentiment. Je me suis habitué au nylon. J'aime sentir les torons glisser dans ma main. Il m'en coûte, savez-vous, de revenir au chanvre. On s'y fera. Qu'attendez-vous pour vous rattacher?

Anthime avait fait deux nœuds autour de sa ceinture et Philippe, sans transition, avait empoigné le rocher :

— C'est moi qui attaque. Le rocher me convient. Plus haut, dans les entablements verglacés, vous prendrez la tête. Le verglas doit vous plaire, je n'en doute pas. Il me donne le mal de mer. On se complète, quoi!

Philippe sourit dans la nuit : un vrai gosse, ce professeur Bresson! Mais cet enfantillage n'est-il pas le propre de tous les adultes? Au fond, la maturité n'existe pas vraiment. C'est toujours en flattant l'accessoire qu'on arrive à convaincre quelqu'un. Ensuite, les hommes peuvent bien s'enfermer dans une attitude austère, cynique ou blasée et méditer sur leur propre expérience; ils finissent automatiquement par jouer aux Indiens. C'est inévitable. Et maintenant Philippe retombe, sans le vouloir, sur le premier souvenir sollicité : Anthime prenant la tête de la cordée. Il retrouve l'expression exacte qu'avait le vieux professeur au moment de se mesurer avec le roc : ce pincement des lèvres pour retenir un sourire de triomphe et les rides qui frétillaient au coin des yeux. Une sale besogne l'attendait pourtant. En lui laissant la responsabilité de la cordée, Philippe, cette fois, ne lui faisait pas de cadeau : des schistes lustrés, à moitié pourris, avec des prises recouvertes de boue congelée. Aucune assurance possible. Philippe, en le voyant partir, avait le cœur étrangement serré. Une folie! Presque un assassinat. Ce n'était pas l'itinéraire normal. En bonne règle, il fallait prendre sur la droite, dans le rocher surplombant : escalade artificielle de grand style, avec pitons, étriers, double corde; de quoi écœurer ce pauvre Anthime, lui donner des remords pour le restant de ses jours. Alors, en désespoir de cause, Philippe avait choisi la route pourrie, l'avait choisie pour Anthime. Il fallait bien lui donner un os à ronger. Et le vieux faune s'en était tiré comme un dieu : léger, subtil dans ses manœuvres, ne tâtonnant, pour ainsi dire, jamais. Un courage! Une chance! Cet homme avait le génie de l'improvisation. Philippe avait manqué dévisser quand il avait grimpé à son tour, mais Anthime, qui avait retrouvé le granit, l'assurait ferme. En arrivant, il avait voulu féliciter Anthime mais l'avait regardé simplement.

— Ça vous étonne? avait demandé celui-ci.
— Un peu, voyez-vous.

Et, sans un mot d'explication, ils avaient ri tous les deux.

A présent, l'horizon est tout noir, mais on y voit encore un peu, comme si la terre avait absorbé un reste de lumière. Philippe distingue très bien le profil d'Anthime allongé à ses côtés. Les yeux semblent baissés. Dort-il? On ne l'entend même pas respirer. Son sac de couchage est à moitié crevé, ou plutôt c'est la fermeture Éclair qui ne fonctionne plus. Philippe l'a remarqué, il y a une demi-heure, quand ils ont déballé leurs affaires pour installer le bivouac. Il a remarqué aussi qu'Anthime n'avait pas d'anorak molletonné : un seul pull-over; en revanche, plusieurs maillots de corps et cette casquette verte qui lui donne des allures de pélican. S'il neige demain...

Philippe ferme les paupières. Il faut dormir, profiter du temps sec. Mais voilà une visite que l'on n'attendait plus : Laurence. Elle tient une poupée dans ses bras et sourit. Philippe ne prête aucune attention à la poupée. Il n'a jamais voulu admettre que sa fille fût une enfant retardée. A douze ans, jouer à la poupée, rien de plus naturel pour une fille. C'est une question de sensibilité et Laurence est douée d'une sensibilité peu commune. On dit qu'elle parle avec difficulté. Quelle erreur! Elle s'exprime d'une manière élégante, recherchée même. Il y a simplement des mots qui la rebutent et qu'elle ne sait pas... qu'elle ne veut pas articuler. Les pédagogues n'y comprennent rien; et les psychologues... Philippe ne croit qu'aux sciences exactes. Le reste se confond avec la littérature. Laurence n'est pas seulement jolie. Elle est belle. Belle et grave. Philippe aimerait, cette nuit, en parler tout haut, parler de ses cheveux, de sa grâce, de ses yeux violets; mais Anthime dort, le vieux corbeau!

Non! Le vieux corbeau ne dort pas. Il s'en faut de beaucoup. En temps ordinaire, dans un lit, le sommeil le fuit. A plus forte raison dans les rochers, quand on est encore excité par tous les événements de la journée et quand mille pensées tournent dans votre tête, se heurtent à des images, à des souvenirs, à des embryons d'idées. D'abord, il fait trop chaud dans ce sac en duvet. Heureusement, la fermeture Éclair est cassée et l'air pénètre au-dessus du genou. Anthime aimerait remuer, fredonner, chanter... faire quelque chose, quoi! Mais il n'ose pas. Ce n'est pas la crainte de réveiller Philippe qui le retient mais plutôt celle d'engager la conversation. Si Philippe lui adresse la parole, il répondra. Pas avant. Il ne faut pas chercher à le provoquer non plus. Après tout, le silence est une bonne solution. Chacun médite dans son coin, pense ce qu'il veut. Car enfin, inutile de s'illusionner : rien n'est changé. Les circonstances ont rapproché deux ennemis, leur ont permis de se mieux connaître, mais la trêve n'est pas la paix. Dans la vallée, les hostilités reprendront. Cet homme appartient à la civilisation de la termitière et du chiffre. Il ne faut pas l'oublier. Et surtout, pas de familiarités!

Anthime se raidit dans l'obscurité et cherche à adopter une attitude sévère, mais ses efforts manquent de conviction ou plus exactement le fatiguent alors qu'il n'est pas fatigué du tout. A peine s'il ressent un peu de lassitude au niveau des mollets. Une telle endurance, à soixante ans, mérite un coup de chapeau. Anthime est très fier. Il aimerait le crier sur les toits. Vivre. Vivre avec démesure. Au seuil de la décrépitude, point d'économie. De temps à autre, le cœur bat un peu vite; mais ce n'est pas mauvais. Il faut se méfier de la régularité, de la monotonie, sinon la vie se confond avec la pluie; on meurt sans s'en apercevoir. Anthime abaisse la visière de sa casquette, afin que « l'humidité de la nuit ne lui tombe pas sur les yeux ». Encore une manie! Si Philippe le voyait... Cette hypothèse l'amuse. Au fond, Anthime aime bien qu'on s'intéresse à lui, comme tous les misanthropes. Il connaît ses faiblesses et s'en accommode : « Je suis vraiment un drôle d'oiseau », et sa pensée retourne auprès de Philippe : Pourquoi est-il si patient avec moi? Au fond, cette histoire ne tient pas debout. Je ne comprends pas ses intentions. Il y a sûrement une raison qui m'échappe. Anthime se creuse un peu la cervelle et ne trouve rien, sinon des motifs officiels : dévouement civique, amour du prochain, autant dire des étiquettes. Ce sont les mobiles secrets qu'il aimerait découvrir. Philippe n'est pas venu jusqu'ici, n'a pas enduré toutes ces rebuffades, n'a pas dépensé tant d'habileté, tant de doigté pour faire le bien. C'est une théorie insoutenable. Mais une idée, soudain, traverse l'esprit d'Anthime, une idée simple, l'évidence même. Fallait-il être aveugle pour n'y avoir pas songé plus tôt? Philippe doit avoir besoin de lui. Mais oui. Encore une histoire de terrain qui mijote. Philippe veut se faire un ami, le temps d'obtenir une petite signature : levée d'une servitude, par exemple. Voilà! Nous y sommes. Faire passer un câble à travers le jardin... ou bien acheter le petit bois de Malijas où, lui, Anthime, apprivoise les écureuils. Ah! le jésuite! Il en sera pour ses frais. D'abord, on va commencer, demain, par se décorder. Pourquoi pas tout de suite? Non, demain! Qu'il dorme sur ses lauriers! Le réveil n'en sera que plus cruel. Finis, monsieur le Maire, la bibliothèque verte, le scoutisme romantique! Le professeur Bresson n'est pas un goujon que l'on appâte avec des symboles, avec des images d'Épinal. Chacun pour soi. Chacun sa loi. Loi du bulldozer ou loi de la jungle.

Anthime réchauffe sa colère avec des mots; il aimerait la sentir monter, bouillir, mais on dirait que la nuit a changé de consistance, brusquement : une tiédeur plus insinuante qui alentit les mouvements du cœur. L'air flotte sur la peau comme un voile humide et le genou se rouille. A présent, Anthime éprouve une douleur sourde au genou; à l'épaule aussi. Arthrose. Soixante ans. C'est la faute de ce maudit Costa, la faute de ses manigances qui vous détraquent la jugeote : cette cuisine italienne. Son grand-père était né à Turin; exploitant forestier. Argent. *Combinazioni*. Cette race ne pense qu'à détruire... Anthime entretient le feu de sa colère mais quelque chose reste inerte au fond de son excitation : inerte et froid. Il a un peu mal à la tête et voudrait dormir, sans avoir sommeil. Le jour où il a pris la décision de quitter Nathalie, il avait mal à la tête aussi. Aucun rapport. Quelle sotte manie de faire des rapprochements! Il s'agissait d'une décision raisonnable, partagée. Plus d'enfants à charge. Aucun problème financier. Entre quinquagénaires qui n'ont pas grand-chose de commun, les concessions réciproques devenaient un luxe. Rupture? Pas exactement. Le mot « détachement » conviendrait mieux. Anthime et Nathalie s'étaient détachés. Un matin d'automne. Un samedi. Ces détails sont bien superflus.

— Au revoir, ma vieille, avait-il dit en souriant, sur un ton qui se voulait tendre et cavalier à la fois; mais le mot « vieille » avait résonné autrement. Il avait désiré le rattraper, ajouter quelque chose de vraiment gentil, mais sa gorge était restée nouée.

— Adieu, mon pauvre chéri! avait répondu Nathalie d'une voix filée et cet accent de compassion ironique l'avait exaspéré.

Il lui avait tourné le dos, avait traversé le salon d'un pas militaire. Dans le jardin, les tilleuls étaient roux. Une feuille morte qui se balançait dans le vent avait glissé sur sa tête, était restée accrochée entre la chemise et le cou; et cette feuille avait pris, soudain, une importance énorme pour lui, l'avait un peu paralysé. Il s'était arrêté de marcher sans s'en apercevoir, avait voulu cueillir la feuille sous la chemise, le regard dirigé, sans raison, dans une direction interdite : la fenêtre du salon où l'on pouvait entrevoir Nathalie... Nathalie qui avait les mains sur les yeux.

Anthime jette un coup d'œil furtif sur la silhouette de Philippe allongée comme une momie. Monsieur est bien enveloppé, bien bordé. Pas de danger que la fermeture Éclair de son sac de couchage ne se casse! Matériel neuf et de premier choix. Ce qu'on fait de plus moderne, de plus perfectionné. Besoin de se rassurer. Au fond, ces gens-là n'ont pas tellement confiance en eux. Il leur faut beaucoup de fétiches, sinon le progrès technique qu'ils idolâtrent finirait par les inquiéter. L'apprenti sorcier porte des lunettes fumées pour regarder la lumière en face. Quand le soleil se couche, il ne le sait pas...

Anthime sent qu'il exagère un peu, qu'il exagère volontairement, qu'il se force, dans une certaine mesure, à être injuste. Philippe n'a-t-il pas plaisanté après avoir parlé de vitamine B? Anthime se souvient du rire de Philippe : un son clair, un phénomène très pur. Mais il faut se garder de tout symbolisme caractérologique. A propos du rire comme à propos de la jeunesse, on tombe volontiers dans les généralisations imbéciles. Les escrocs, les indicateurs de police, aussi, savent rire. On les choisit pour ça. Philippe inspire la sympathie. La sympathie, chez lui, fait partie du métier.

Anthime sursaute : un grondement sourd, là-bas, dans les creux, derrière les barres. Le temps va changer.

— Vous avez entendu? demande Philippe à mi-voix.

Anthime ne répond pas.

— Je vous conseille de mettre votre anorak, dit Philippe.

Anthime fait semblant de dormir. D'abord, comment sait-il que je suis éveillé? pense-t-il. Et de quoi se mêle-t-il? Son silence lui fait un peu honte. Il voudrait bien, à présent, répondre quelque chose, n'importe quoi; mais il est trop tard.

— Vous savez, reprend Philippe, rien ne m'oblige à monter au sommet avec vous. Rien. Pourtant, je serais désolé de ne pas le faire. C'est inexplicable.

— Inexplicable, répète Anthime sur un ton sarcastique.

— Vous avez tort de le prendre ainsi. Je vous parle sans détour. Bonne nuit! A demain!

Un flot de sang envahit le visage d'Anthime. Il est très mécontent de lui-même et son ressentiment se retourne contre Philippe : l'enfant de chœur fait du charme mais il perd son temps. Demain, finie la cordée! Finie! Anthime comprend, plus ou moins consciemment, qu'il n'est pas sincère envers lui-même, qu'il ment dans une certaine mesure. Il ne voit pas très bien comment il pourra se séparer de Philippe demain, après avoir donné son accord. Il faudrait une audace, un mépris des conventions, un cynisme qu'il ne possède point. La chose est pratiquement impossible. Anthime commence à l'admettre et cette certitude l'apaise, soudain, lui fait du bien. Un raisonnement spécieux vient au secours de son amour-propre : Pourquoi arrêter les frais? Il faut jouer le jeu jusqu'au bout. En fin de compte, qui sera le dindon de l'histoire? Costa qui a une idée derrière la tête ou Bresson qui aura fait semblant de n'avoir rien remarqué? Costa, l'esprit fonctionnel, l'homme utile, ou Bresson qui l'aura entraîné dans une aventure insensée? Anthime est très fier d'avoir trouvé cela et très heureux d'envisager l'avenir sous cet angle. Il rit même en silence. Demain, on va bien s'amuser. Pas question de se décorder! Oh! Non! Jusqu'au sommet, sous l'orage! Le stratège sera pris à son propre piège. On ne lui mesurera pas les épreuves, ni les efforts.

Anthime respire mieux. Son genou ne lui fait plus mal et ses mollets ne souffrent plus de contractures. Un cœur de jeune homme bat dans sa poitrine sous les côtes un peu décharnées. Sans doute la perspective de faire cette course, demain, avec Philippe, d'être lié à la même corde, au même destin, n'est-elle pas étrangère à son optimisme subit; mais il l'ignore ou, plus exactement, il ne tient pas à le savoir. L'amour de la montagne facilite, d'ailleurs, les choses. Chaque fois qu'il est sur le point d'interroger sa conscience avec un peu d'exigence, la forme d'un rocher, l'odeur de la pierre, la rigueur d'une paroi traquent son attention. Sa pensée est peuplée d'images toniques, de sensations grisantes qui tombent, à chaque instant, comme de petits écrans sur les vérités qui passent. Il retrouve ainsi, par éclats, le bruit des sources d'autrefois, son émotion d'enfant devant la première marmotte, devant la roche nue, devant la neige d'été découverte par hasard, au détour d'une courbe sans mystère, et cette vitalité du souvenir l'encourage à ne pas vieillir, à regarder vers l'avenir immédiat comme s'il n'avait jamais vieilli. Demain, l'ascension reprendra; la lutte reprendra contre une matière noble et contre les éléments en colère. Anthime sent naître, en lui, toutes les possibilités. Il triomphe de murailles inaccessibles, affronte l'orage, regarde la foudre sans cligner les paupières et quand, soucieux de revenir sur terre, il veut prendre ironiquement la mesure de son enthousiasme, il est emporté par celui-ci. Rien, désormais, ne saurait l'abattre. Il a vingt ans. Feu de paille? Non! C'est du chêne qui brûle.

Anthime est fier de cet enthousiasme qui lui a valu tant d'ennemis. On s'est toujours un peu méfié de lui, même les gens qui l'aimaient bien, à commencer par sa femme qui lui reprochait tacitement d'être trop entier, trop catégorique. Sans référence à la mode, à l'histoire, une opinion définitive irritait toujours Nathalie. Hors de certains sentiments quotidiens, de l'amour conjugal par exemple, elle ne concevait pas la sincérité. Elle se révoltait en secret contre l'intransigeance d'Anthime, contre cette manie tyrannique qu'il avait de vouloir toujours imposer ses goûts, ses convictions aux autres. C'est à propos de Maurice qu'ils avaient commencé à se déchirer. L'enfant suivait le père, adoptait sa manière de sentir, de penser. Anthime lui enseignait à faire le tri, à rejeter sans indulgence les trivialités que l'actualité montait en épingle : les expressions à l'ordre du jour, les rengaines imbéciles, le culte de la dernière heure et le souci des quantités : « Observe les autres, répétait-il, mais n'imite personne et, si tu ne veux pas descendre du singe, évite la majorité ! » Nathalie s'effrayait de telles méthodes d'éducation qui pouvaient condamner Maurice à l'inadaptation sociale : « Ne cherche pas à faire de lui un original, disait-elle. Son père nous suffit. » Ce n'était pas l'intention d'Anthime. Il ne désirait qu'une chose : transmettre un peu de feu. En ce monde mécanisé, toute force se perdait en rayonnement extérieur. La lumière artificielle éteignait les esprits. Anthime voulait retenir Maurice devant le néant des hautes fréquences, le sauver de l'attraction du vide. Il le réveillait en musique, le matin : Bach, Hændel. Or, Maurice aimait à veiller le soir, à lire dans son lit. Le petit jour ne lui valait rien. Les mâles accents d'un *allegro vivace* ne l'empêchaient nullement d'avoir la tête creuse ni la bouche pâteuse. Nathalie, qui préférait *Le Beau Danube bleu* à l'*Oratorio de Noël*, prenait la défense de son fils : « Enfin, c'est dimanche, laisse-le dormir ! Ce tintamarre pompeux va le contrarier pour la journée. » Elle disait cela sur un ton léger, en souriant, comme pour atténuer l'audace de ses propos, mais Anthime se sentait blessé profondément. L'art, la beauté, c'était sacré. En plaisantant à ce sujet, on offensait une religion qu'il pratiquait avec ferveur, avec passion. Heureusement, Maurice retrouvait, dans le courant de la matinée, une attention toute neuve. Ensemble, ils récitaient des poèmes, lisaient à haute voix des pièces de théâtre, visitaient les musées. Anthime se moquait de la culture traditionnelle : cet amalgame de dates, de doctrines et de théories. Son effort portait sur l'émotion, sur le sentiment intime. Il enseignait à Maurice à ne jamais s'éprendre futilement d'un chef-d'œuvre mais à l'aimer comme un moment important de notre vie. Dans une galerie de peinture, à force de charme et de persuasion, il arrivait à isoler un tableau, un seul, qu'il proposait à l'admiration de l'enfant, et celui-ci, dans les plis d'une robe ou dans le reflet d'une assiette, dans le mouvement d'une écharpe plus vrai que la réalité, finissait par pressentir l'existence d'une sensibilité privilégiée. Enfin et surtout, Anthime cherchait à développer chez Maurice l'amour de la nature. Il l'entraînait dans les bois, sur les collines, au bord des lacs, lui donnait le culte des objets sans valeur marchande : des plumes, des pierres, des racines étranges, lui faisait découvrir la joie de marcher, de se surmener un peu et celle de guetter un oiseau sans parler ou de regarder décliner le soleil sous un nuage. Maurice avait douze ans... douze ans et demi. A treize ans, il avait changé. Au lycée, par exemple, il était devenu très fort en mathématiques, tandis que l'étude du français commençait à l'ennuyer. Un duvet disgracieux bordait sa lèvre supérieure et son visage prenait un aspect anguleux. Il énonçait des paradoxes d'une voix cassante comme tous les garçons agacés par la puberté. Mais Anthime avait d'autres raisons de s'inquiéter : Maurice attachait, maintenant, une importance déterminante à l'opinion de ses camarades... à l'opinion. Il semblait même tourmenté par un souci constant de popularité. Nathalie, bien entendu, trouvait le phénomène naturel : « A son âge, le contraire serait anormal. Il faut s'en réjouir, au lieu de se morfondre. Toi aussi tu aimes bien faire impression sur les autres. » Puis, avant qu'Anthime ne se fâche, elle ajoutait pour l'amadouer : « Attends la fin de la crise! Tout va se tasser. » Hélas! Il ne s'agissait pas d'une crise et les choses, au lieu de se tasser, n'avaient jamais cessé d'empirer. 1948, on parlait encore beaucoup de la guerre et des restrictions alimentaires. Maurice avait adopté une certaine attitude de pensée, copiée sur des amis plus âgés : il méprisait le rêve, l'idéalisme, les idées gratuites et l'humanisme culturel, entendait se consacrer à la résolution de problèmes concrets et s'exprimait, selon la tradition, en termes abstraits, en locutions confuses. Les couchers de soleil et les partis pris esthétiques n'avaient plus de charme ni d'intérêt pour lui. Un homme à la page devait répondre aux questions de son temps. Maurice entrait en conflit avec son père, ouvertement.

Au début, Anthime ne s'était pas gêné pour le reprendre avec une brusquerie joviale et pour se moquer de lui. Par la suite, voyant que l'adolescent s'obstinait, s'enfermait dans une conduite intellectuelle qui n'était pas seulement un costume, il avait éprouvé un sentiment d'inquiétude presque intolérable et s'était cabré, raidi. En même temps, Maurice se rapprochait de sa mère, lui faisait ses confidences et Nathalie prenait involontairement son parti. Alors, le conflit avait pris des proportions dramatiques à cause d'Anthime et de son caractère excessif. A présent, il n'adressait plus la parole à son fils que sur un ton neutre, froid, tandis qu'il accablait sa femme de griefs injustifiés. Il lui arrivait, au milieu du repas, d'exploser sans raison et de quitter la table, après avoir jeté sa serviette sur la nappe comme un boulet. Souvent, il gardait le silence, des heures entières, ou ricanait sans donner d'explication, et cette conduite enfantine inspirait finalement à Maurice, par esprit de contradiction, un sentiment précoce et artificiel de sagesse et de maturité. Plus tard, la tension familiale avait perdu quelque peu de son intensité, sans revenir pour autant à la normale. Anthime avait cru prendre son parti de la situation : « Nul n'est prophète en son pays, n'est-ce pas? »; mais la blessure n'avait jamais cicatrisé. Il lui restait l'ironie pour rétablir l'équilibre et pour se venger. Il ne ratait pas une occasion de tourner Maurice en ridicule, Maurice marié, installé dans la vie comme une société dans la société. Mais l'ironie n'a jamais empêché personne de souffrir. Anthime éprouvait toujours, à propos de Maurice, un sentiment de tristesse, de défaite irrémédiable. Il avait essayé de compenser cet échec avec Hélène, cadette de Maurice; mais, là encore, quelle déception! Le premier venu exerçait une influence sur elle. Intelligente, sensible et douée d'une véritable intuition divinatrice, elle faisait d'abord illusion; mais on remarquait bientôt l'excessive perméabilité de sa personnalité, une plasticité sans limites. Hélène prenait moralement la forme psychique de son interlocuteur, surtout quand il s'agissait d'un homme. Elle ne semblait vivre que chez les autres, colorée, absorbée par eux. Le mariage l'avait, en somme, stabilisée en n'offrant plus qu'un seul débouché à cette hémorragie du caractère. Thierry, médecin spécialisé dans les voies urinaires, habitué à ne douter de rien, avait accepté la parfaite sujétion de sa femme comme un phénomène très naturel. Alors Anthime, en désespoir de cause, s'était tourné vers ses élèves du lycée, les élèves de première qu'il amusait souvent et déconcertait par un enseignement hétérodoxe; mais les adolescents assis, parqués sur les bancs, tandis qu'il officiait sur une estrade, l'admiraient un peu pour passer le temps. Il en arrivait, plus ou moins consciemment, à forcer la note, à jouer sur des effets et ce cabotinage innocent lui donnait, en définitive, une conscience lourde. Il avait fondé, à tour de rôle, des espoirs sur plusieurs sujets, caressant l'ambition de former un disciple, un vrai; mais chacun, à sa manière, l'avait découragé, l'un parce qu'il s'éprenait subitement de danses modernes, l'autre parce qu'il devenait indolent, un autre enfin parce qu'il ne songeait plus qu'aux femmes. Pierre Lautier avait retenu son attention plus longtemps. Ce garçon de seize ans écrivait des poésies, de courtes nouvelles et les lui soumettait. Cet exercice critique enchantait Anthime et l'échauffait d'une manière singulière. De tout temps, la création littéraire lui était apparue comme une manifestation de liberté sublime, mais il se gardait de l'avouer, de crainte de paraître un peu ridicule en un siècle où tous les écrivains se faisaient un scrupule de paraître blasés. Avec Pierre, ces fausses pudeurs étaient superflues. Il lui parlait du style, de l'articulation d'une phrase comme d'un corps féminin, nu, sans bracelets. Il prétendait que certains adjectifs étaient comme des bourrelets de graisse et lui recommandait le muscle, secret comme un galet. Il cherchait surtout à développer chez le jeune homme le culte du choix et le plaçait devant une expression comme devant une responsabilité : « N'écoute pas les clowns de la littérature, disait-il. Ils voudront te persuader que les vérités sont relatives et que les mots sont interchangeables. » Pierre finissait par se prendre au sérieux, ce qui n'enlevait rien à ses qualités. Il faisait même des progrès certains; et c'était une joie sans mélange pour Anthime, une sorte de revanche mystérieuse sur le destin que de sentir la forme s'installer, s'épurer dans l'esprit de l'adolescent. Mais Pierre, un jour, avait changé de lycée, avait quitté la ville, après les vacances, sans prévenir. Il n'avait plus donné signe de vie. Pas une lettre. Anthime avait appris, six ans plus tard, qu'il venait d'être nommé inspecteur des Contributions directes, après concours...

Une bouffée de vent mouillé claque sur le sac de couchage et donne un coup de langue sur le visage d'Anthime. Le grondement du tonnerre réveille, au loin, de noires cloisons tandis que la roche pétille au moindre frottement d'étoffe. Une étoile brille sans éclat comme un trou dans un couvercle à la limite du ciel et de la montagne mais un nuage, que la lune éclaire de l'intérieur, l'avale. Anthime se tourne discrètement vers Philippe qui ne bouge pas. C'est drôle d'être si près l'un de l'autre et d'éprouver tant de difficultés à échanger deux mots. On aimerait partager ses impressions, ses souvenirs. Mais non! Pas de méli-mélo. Cet homme n'a rien d'un frère spirituel. Il faut abandonner, une fois pour toutes, ce besoin de communion infantile, cette quête de l'écho. Quand on a la chance, à soixante ans, de brûler d'enthousiasme, il est inutile de se répandre chez les autres à la recherche d'un reflet. Le prosélytisme épuise le feu... Soudain, Philippe remue. On dirait qu'il se gratte le menton. Anthime distingue très bien la main de

Philippe, mais ses paupières sont attirées par le sol et par l'ombre, comme s'il avait laissé tomber quelque chose. La peau de ses joues devient lourde. Il songe à observer un détail, un détail précieux qu'il a oublié, et s'endort.

Philippe, lui, n'arrive pas à dormir. C'est bien la première fois que le sommeil ne lui obéit pas. D'ordinaire, il lui suffit de fermer les yeux avec décision, de tirer le rideau de ses préoccupations. Aussi, est-il fâché contre lui-même, cette nuit. Il a toujours un peu considéré les insomniaques comme des faiseurs d'embarras, comme des oisifs tourmentés par le vide d'une existence qu'ils avaient choisie. Vingt-trois heures au cadran lumineux de la montre suisse. Demain, départ avant le jour. On aura besoin de force, de vigilance surtout; vigilance pour deux. Avec ce vieillard-enfant, toutes les distractions demeurent possibles, comme aussi bien toutes les lubies. Le bonhomme est increvable, apparemment, mais il faudra compter sur ces défaillances brutales qui détraquent, au moment le plus inattendu, les machines exceptionnelles. Prototypes de race qui échappent à la mécanique paysanne. Inutile d'anticiper. Dormir.

Philippe aimerait sentir ses paupières s'alourdir, s'emplir de ténèbres mais, sur les globes oculaires, elles ne pèsent rien. Le moindre souffle les agace, en relève les bords. Il s'efforce de faire le vide dans son esprit mais tous les bruits de la nuit en profitent pour l'assaillir : des ébranlements diffus et de petits craquements mystérieux comme si la montagne était peuplée d'insectes ou de souris, avec Anthime pour chef d'orchestre, Anthime et sa respiration discrète, relevée, à intervalles réguliers, par un grincement léger. Alors, Philippe se tourne en pensée vers des images reposantes : Suzanne, Laurence, le foyer, ou bien encore le bureau avec ses épures et la table où sont étalés les plans de masse, de grandes feuilles blanches où chemine l'encre de Chine. Hélas! L'encre de Chine, cette nuit, finit toujours par tourner autour d'Anthime. Ce dernier projet qu'il a conçu, impossible d'en suivre le tracé sans aboutir au profil en colère du vieux professeur. Un projet d'une folle audace, adopté par le Conseil municipal, après d'interminables palabres : raboter un pan de montagne, faire sauter toute une avancée de rochers pour ouvrir une piste skiable. La vallée de Sainte-Rose avait toujours été fermée aux sports d'hiver, les pentes étant considérées comme trop raides. Mais lui, Philippe, avait découvert le pré du Longet et le bois de Saudre. En taillant dans les mélèzes, on pouvait installer un petit monte-pente pour skieurs moyens, avec un relais au centre pour skieurs débutants. Entreprise hardie, quand on connaissait la réputation de la vallée. Philippe avait bien réfléchi, pesé toutes les chances, mesuré ses ressources et s'était lancé dans l'opération. Son ami Gabert, de Lyon, intéressé pour un quart dans l'affaire, se chargeait de la publicité. Gabert avait mis l'accent sur la « nouveauté » du site, sur son caractère « insolite », sur sa faune intéressante et sur les mœurs « étranges » de ses habitants. Il proposait, bien entendu, par contraste, aux amateurs de dépaysement, le confort détaillé d'un hôtel original : Hôtel des Lauzes. Philippe était fier de ce nom qu'il avait choisi, en même temps que des lauzes dont il avait exigé que le toit fût couvert, par scrupule esthétique et dans un souci d'anticipation commerciale. Et l'entreprise avait été couronnée de succès. Il avait fallu acheter du terrain, bâtir des chalets, les lotir et les vendre après avoir constitué plusieurs sociétés civiles. L'hôtel s'était agrandi, flanqué de deux ailes de bâtiment, l'une couverte en lauzes comme la partie centrale et l'autre couverte d'ardoises synthétiques. Plus tard, en défonçant quelque peu les alpages, on avait dégagé un vaste parking derrière le cimetière. Et maintenant... Maintenant, ce projet de montagne rectifiée. Mais là ne réside pas l'audace vraiment. Non! L'audace, la véritable originalité du projet tiennent en deux mots : pente vertigineuse. La publicité sera axée là-dessus : « Le pourcentage le plus élevé de toutes les pistes d'Europe et du monde », avec cette enseigne percutante trouvée par Gabert : *La Piste des cascadeurs*. La piste des cascadeurs, réservée aux champions exclusivement, aux casse-cou à la rigueur. Le niveau moyen des skieurs ne cesse de monter. La télévision réduit les performances des as à des dimensions confortables et donne des prétentions aux débutants, à plus forte raison aux amateurs doués. Tous les jeunes fous, tous les snobs voudront tâter du « pourcentage le plus élevé ». Il faudra construire de nouveaux chalets. Philippe y a songé. Ce terrain qu'il vient d'acheter cinq kilomètres en amont de Sainte-Rose pourra toujours le dépanner. L'idéal serait d'acquérir le bois de Malijas; mais Anthime ne le vendra jamais; à moins que...

Son attitude a changé, songe Philippe. Il est de nouveau furieux contre moi. Pourquoi? Il semblait apaisé, presque amical. Les mouvements de la cordée, les risques partagés nous avaient rapprochés. Et brusquement, ce silence, ce rire insultant... que va-t-il s'imaginer? De quoi me soupçonne-t-il? Inutile de se creuser la tête! Il s'agit d'une saute d'humeur ou plus exactement d'un retour en arrière. Quand ils sentent leur amertume s'épuiser, les vieux grognons font souvent de petits voyages à reculons.

Philippe voudrait prendre la réaction d'Anthime à la légère, la traiter sur le mode goguenard, avec une indulgence de grand seigneur, mais ses efforts demeurent théoriques. L'humeur du vieux grognon le préoccupe comme une chaussure qui blesse. Il se perd dans les conjectures, soupçonne des soupçons. Peut-être Anthime lui garde-t-il rancune d'avoir « gagné ». Oui, gagné. Sous prétexte de voler à son secours, Philippe n'a jamais cherché qu'à s'imposer. Réflexe de l'homme d'affaires qui veut séduire, obtenir à force de patience, d'astuce et d'abnégation une victoire considérée au départ comme impossible. Apprivoiser l'ennemi; le coloniser. Voilà ce qu'Anthime va s'imaginer et Philippe s'insurge contre cette pensée qu'il lui attribue. Le coloniser? Et dans quel but? En quoi cette victoire pourrait-elle lui être utile? Le petit bois de Malijas? Non! Philippe répugne aux chemins tortueux. Il ne craint pas de regarder en face un mobile intéressé. Seuls les esprits cauteleux, les caractères lâches ou douillets évitent d'aligner des chiffres ou rougissent d'en parler. L'argent ne souille que les âmes faibles. Si Philippe cherchait à circonvenir Anthime, il n'en ferait pas mystère. Non! Il s'agit d'autre chose : un phénomène où les sentiments quotidiens et explicables n'ont pas accès. Anthime est en fâcheuse posture et Philippe se trouve « dans l'impossibilité de ne pas intervenir ». Dans l'impossibilité de ne pas intervenir, voilà! Son destin, sans motif apparent, est lié à celui d'Anthime. « Rien ne m'oblige à monter au sommet avec vous. » Quel mensonge! Philippe accompagnera le vieux schnock, partagera son sort. Il n'en doute absolument pas. C'est absurde mais il est inutile de se révolter. C'est ainsi. D'ailleurs, Philippe ne songe pas à se révolter. Appartenir aux événements, à l'action, sans compter que l'action, ici, se confond avec le dévouement et qu'il n'est pas désagréable d'avoir le beau rôle. Et puis, trêve de modestie! A force de pudeur, on finirait par déguiser, par assombrir les desseins les plus nobles, par méconnaître un magnifique élan de solidarité. Philippe est parfaitement désintéressé. D'abord, il se moque de l'argent. En affaires, ce n'est jamais le profit qu'il recherche mais le succès; le succès qui lui permettra de voir plus grand et de réaliser de nouveaux programmes, avec une conscience vierge. Le système capitaliste, en soi, ne l'attache pas. La preuve? La preuve c'est qu'il vote à gauche. Demain, communiste. Pourquoi pas? Il ne redoute aucune démocratie populaire. On lui laissera toujours la possibilité de concevoir et de bâtir. Les sociétés jeunes ont besoin d'hommes comme lui. L'argent qu'il aurait pu gagner ira dans les caisses de l'État. Tant mieux! Cela lui évitera de consulter la bourse, travail de notaire. Des biens, il en aura toujours à sa suffisance. Le bonheur n'est pas un titre de propriété. D'abord, s'il aimait l'opulence ou le confort seulement que ferait-il, en ce moment, sur cette pierre, accroché à quatre pitons?... Tiens! On n'entend plus respirer le vieux schnock. Sans doute est-il éveillé. En ce cas, il rumine certainement, ressasse les mêmes rancœurs. Philippe esquisse un sourire mélancolique. Il se souvient de leur première altercation à propos de l'hôtel. Anthime levait les bras, frappait dans ses mains en parlant : « Et moi qui vous prenais pour un allié, pour un ami! » disait-il. « Mais enfin, répliquait Philippe sur un ton mesuré, j'ai déjà fait beaucoup de sacrifices; ce toit de lauzes m'a coûté les yeux de la tête; pour vous faire plaisir, j'ai renoncé au crépi de ciment et j'ai adopté le mortier de chaux.

A présent, j'ai bien le droit de construire une terrasse pour mes clients. — Une terrasse en béton armé! soulignait Anthime avec des tremblements dans la voix, une terrasse et des parasols! Croyez-vous sincèrement que les parasols soient indispensables? » Non! Philippe ne le croyait pas, mais les clients aimaient ça : couleurs, exotisme. Et puis zut! A la fin! Ce puritanisme esthétique devenait assommant.

Philippe regarde le ciel épais où pas une étoile ne brille. Il secoue la tête, d'un air agacé : au fond, Anthime est vieux. Il ne faut pas chercher d'autres explications. Il appartient à un monde révolu et se raccroche à des valeurs périmées, comme un naufragé qui ballotte sur une épave. La jeunesse d'aujourd'hui n'a que faire d'un crépi de chaux. Elle est heureuse à sa manière, au milieu des machines, danse sur le béton et fait l'amour dans le nylon. Elle affronte aussi bien l'aventure sur des skis qu'au volant d'une voiture de série et si les parasols détonnent au milieu des vieilles pierres, cet accord dissonant l'amuse. Philippe aime la jeunesse. C'est pour elle qu'il trace des pistes, qu'il rabote les montagnes... Mais pourquoi s'intéresser à Anthime, s'occuper tant de lui? Aurait-il seulement pitié?

Philippe ne trouve pas de réponse. Il ne

cherche pas, d'ailleurs. Ses paupières sont tombées comme deux clapets et la nuit pénètre en lui. Sa pensée lutte un peu pour la forme, mais la voilà couchée, noyée. Il dort. Son souffle monte, fort et volontaire, comme s'il appliquait encore une méthode dans le sommeil. Puis le mouvement s'apaise, devient presque inaudible. Philippe rêve, ce qui ne lui arrive, pour ainsi dire, jamais. Il marche dans une chambre voilée qui se révèle être un corridor et le corridor conduit au vestibule où l'attendent les invités. Au fait, c'est lui qui est invité, invité par Laurence qui lui sourit. Elle porte une robe de tulle à paniers et tient un chandelier dans la main droite. Tout le monde rit parce que le chandelier cache quelque chose : une main attachée à la main de Laurence : « Papa, je te présente mon fiancé. » Que dit-elle ? L'angoisse étreint le cœur de Philippe. Un beau jeune homme en uniforme d'officier de marine se tient à côté de sa fille ; mais pourquoi est-il chaussé de bottes ? Il ressemble à quelqu'un que Philippe connaît, à quelqu'un qui n'est pas beau, qui n'est pas jeune non plus. Et soudain, Philippe sait : Anthime. C'est lui. Philippe veut parler, prévenir Laurence : cet homme est déjà marié ; mais Anthime lui donne un gâteau posé sur un plateau. Philippe voudrait refuser et ne peut pas. Son angoisse atteint un degré intolérable. Il veut crier. Il crie.

— Qu'est-ce qui vous prend? demande Anthime, réveillé en sursaut.

Philippe se réveille à son tour :

— Rien, dit-il. Excusez-moi... Je rêvais.

Il pleut : de petites gouttes, bousculées par le vent, qui se figent sur les vêtements. Le tonnerre roule dans la nuit comme un train de marchandises. L'orage n'est pas encore mûr. Philippe le sent. Il resserre la cagoule de son anorak :

— Ça va? demande-t-il.

— Oui. Pourquoi?

— Vous n'avez pas faim?

— Non! Quelle idée!

Le ton d'Anthime n'est pas très engageant, mais Philippe s'en accommode. Il est même content. Le vieil ours grogne encore un peu, pense-t-il, mais les choses s'arrangent. Un caillou se détache quelque part, sous les dalles, et sa chute résonne comme au fond d'un puits. Anthime grommelle entre ses dents.

— Vous m'avez parlé? demande Philippe.

— Non! Je ne vois pas très bien ce que je pourrais vous dire à une heure du matin.

Philippe réprime une envie de pouffer. Il ne voit pas très bien non plus. Il se sent léger, soulagé. Le vent siffle sur la pierre dont les jointures craquent. Le train de marchandises continue à rouler.

III

L'eau ruisselle de tous côtés, s'infiltre partout, imprègne, sature tous les objets. Aucun écran ne lui résiste. Des rafales incohérentes précipitent à l'horizontale des gouttes qui éclatent sur les visages et sur la pierre. De temps à autre, l'aquarium s'illumine et la foudre éclate sèchement, avec de grands froissements de papier métallique. Une odeur d'ozone flotte dans l'air instable, court sur la peau qu'elle inquiète comme une étincelle électrique. Anthime et Philippe ont dû se lever. L'eau clapotait sous les sacs de couchage. Ils sont debout depuis deux heures et demie, collés contre le rocher qui, grâce à un surplomb insignifiant, les garantit des gouttes verticales; mais le vent se charge de troubler la distribution. Depuis deux heures et demie, ils attendent que la pluie cesse et que le jour se lève. Il est quatre heures moins dix. Philippe a enfilé par-dessus son anorak un long imperméable en nylon caoutchouté qui le protège efficacement. Il a déroulé une petite nappe isolante en papier pressurisé et en a recouvert les deux sacs de montagne, afin de sauver la nourriture et le linge de rechange. Ses vêtements, sous l'imperméable, ne sont presque pas mouillés. Anthime, lui, est trempé jusqu'au slip. Il n'a pas froid et l'incommodité de son état lui paraît très supportable. Une douche n'a jamais tué personne. L'ennui c'est l'inaction. On aimerait participer à la bataille, au lieu de recevoir des coups sans broncher, répondre à ces gifles, à ces lances, à cette artillerie. Si Philippe n'était pas si raisonnable, on lèverait le camp. Avec une lampe frontale, on taillerait proprement de la route. Mais oui! L'escalade nocturne ne présente finalement que des difficultés psychiques. Il faut vaincre l'appréhension, voilà tout. Malheureusement, la lampe frontale appartient à Philippe. Et puis le petit logicien n'est pas pressé, lui. Avec des vêtements secs, on peut attendre encore une demi-heure, une heure même. Ce flegme britannique lui va mieux que son imperméable de cellophane qui lui donne des allures de papillote. Quel regard! La candeur personnifiée. On jurerait un enfant modèle qui revient de l'école avec ses bons points. Chaque fois qu'Anthime remue l'épaule ou le genou droit, qui commence à s'engourdir, le linge, gorgé d'eau, fait un bruit de ventouse sur sa peau, ou bien c'est le mousqueton qui tinte contre le rocher, car Philippe, avec sa manie de clouer les gens au pilori, n'a pas voulu détacher la corde. Maudite prudence! Tout mystère est aboli. On remporte une victoire, à force de calcul, en poussant le matériel devant soi, comme les Romains. Anthime, bien sûr, n'admire que les Gaulois. Ces additions mesquines, cette froide obsession du résultat lui font regretter de ne pas être né vingt siècles plus tôt. Amour, chasse, guerre, justice, tout devait se faire à l'avenant. Élans du corps; élans du cœur. Une idée cocasse traverse l'esprit d'Anthime : se laisser pousser la moustache. Mais non! Ces imbéciles le prendraient pour Astérix. Ils n'ont aucune imagination et ne peuvent concevoir chez autrui un sentiment original, une idée personnelle et gratuite. La presse et la télévision pensent pour eux. Quand on leur parle du Mexique ou de la Tasmanie, ils vous répondent : « Je connais. » Leur cervelle est truffée d'images sans relief, sans vie. On appuie sur un bouton et l'image jaillit : « J'ai vu ça dans une émission de... vous savez bien, ce type qui a le nez de travers » ou bien : « Nous y sommes allés, il y a deux ans, ma femme et moi, en Boeing. Quel voyage! On nous a servi du poulet mayonnaise. Avec les trous d'air! » Anthime remonte la visière de sa casquette qui lui tombe sur le nez. Ce geste anodin libère une petite cascade et des ruisselets qui convergent vers son oreille gauche, celle qui est sujette aux otites. Il secoue la tête, d'un air outragé, la lèvre retroussée dans une grimace spasmodique. Le stoïcisme a des limites. Si, au moins, on pouvait se défouler en parlant. Mais Philippe ne veut pas engager la conversation. D'habitude, il ne boude jamais, quitte à disserter sur le beau temps comme les Suisses. Quelle heure peut-il être? Anthime aimerait le savoir, mais sa montre n'a pas de cadran lumineux. Il tousse et se met à fredonner un air qu'il invente sans s'en apercevoir.

— C'est joli, dit Philippe. Continuez!

Anthime sourit involontairement! mais il faut éviter de tomber dans le piège. On se prend aux éloges comme à la glu.

— Quelle heure est-il? demande-t-il sur un ton indifférent.

— Quatre heures. Normalement, il devrait faire jour. De toute manière, impossible de se mettre en route. Il faut attendre la fin du déluge.

— A mon avis, il vaudrait mieux ne pas attendre jusqu'au bout.

— Par exemple! Et pourquoi?

Anthime hausse les épaules. A quoi bon lui expliquer! Il ne comprendra pas. Il ne sait pas que les éléments doivent être un peu contrariés. Trop de respect leur donne des forces, les encourage à se déchaîner.

— Vous n'avez pas répondu à ma question, dit Philippe.

— Est-il indispensable d'y répondre?

— Indispensable, non!

Quel être insupportable! pense Philippe. Il est vrai que ses vêtements sont trempés. On s'irrite facilement dans ces conditions. Mais aussi quelle idée de venir bivouaquer sur une face nord avec un équipement de pêcheur à la ligne. Il n'a emporté qu'un pull : celui qu'il a sur le dos. Et comme provisions de bouche, il doit lui rester la moitié d'un pain, deux paquets de biscuits, une boîte de sardines et des morceaux de sucre. C'est effarant.

Une boule de feu crève le ciel qui se déchire dans une explosion assourdissante. L'air râpe la pierre en pétillant, tandis qu'un bloc se détache, au-dessous de la vire. On entend la roche qui plie, qui casse comme un essieu et qui bascule dans le vide, entraînant dans sa chute une mitraillade. Les deux hommes, instinctivement, se sont rapprochés l'un de l'autre, le corps aplati contre le rocher suintant. Philippe constate que ses mains tremblent, mais il attribue ce phénomène à des contractures :

— C'est la fin du spectacle, dit-il. On a voulu nous impressionner.

Anthime se tourne vers lui spontanément et rit. Rien ne vaut l'humour bien placé. Il faut reconnaître, en toute justice, que ce jésuite a de bons côtés.

— Vous m'étonnez, dit-il.
— Chacun son tour.
— Oui, chacun son tour. On se trompe toujours un peu quand on est sûr de quelque chose.

La foudre claque à nouveau, mais il n'y a rien à craindre, cette fois : un pétard mouillé qu'absorbe l'écho dans un roulement continu.

— Sûr de quoi, par exemple? demande Philippe.

— Je ne sais pas, moi. Sûr qu'on se moque de vous, qu'on cherche à vous embobiner.

— Mais de qui parlez-vous?

— De personne. Vous me demandez un exemple. Je vous le donne.

Philippe ne répond pas. Il regarde une tache pâle qui s'étale dans les nuages à l'horizon. La pluie donne des signes de fatigue. On le reconnaît au son. Sur de courtes bourrasques, les gouttes se dispersent, se volatilisent; mais le vent fraîchit. Si le ciel ne se découvre pas, il neigera. Philippe hésite avant de parler. Sa gorge est un peu serrée. Il prend brusquement le parti de se taire et sent que la chose est impossible :

— Au fond, vous n'avez pas confiance, dit-il. Vous êtes persuadé que j'ai une idée derrière la tête.

C'est maintenant au tour d'Anthime de garder le silence. Une émotion très inopportune s'empare de lui, semant le désordre dans son esprit. Il s'attendait si peu à cet assaut : le diplomate qui joue cartes sur table.

— Mettez-vous à ma place, dit-il sur un ton d'humeur; vous êtes si patient à mon égard, si aimable. Ce n'est pas naturel, voyons!

— Non! Ce n'est pas naturel. Et alors?

— Alors, vous l'avez dit : je n'ai pas confiance.

— Vous avez tort.

— C'est possible.

Jusqu'à présent, Philippe évitait de regarder Anthime en parlant. Il se tourne, maintenant, vers lui. Le visage tendu du vieux professeur a quelque chose de ridicule et de très noble à la fois, comme un oiseau de proie quand il est cloué au sol et mouillé. L'obscurité relative annule les couleurs mais donne aux contours, aux volumes une intensité dramatique de gravure au burin et le vent siffle à travers ce dessin noir. Philippe sent que la minute est importante pour lui; importante inexplicablement. Son cœur ne bat pas comme les autres jours :

— Tenez! dit-il d'une voix rude, presque rocailleuse. Je vais vous faire un aveu : j'avais bien une petite idée derrière la tête. Maintenant, je ne l'ai plus.

Philippe est effaré de ce qu'il vient de dire. Sa langue l'a pris au dépourvu. Quelle faiblesse de parler sans le vouloir! A-t-il jamais eu une idée derrière la tête? Si on lui demandait de préciser sa pensée, il en serait incapable. Heureusement, Anthime ne lui demande rien. Il serait discourtois de poser des questions ou même de chercher indirectement à en savoir davantage. Quand on est ému, qu'on éprouve un sentiment brutal de fraternité, on n'agit pas comme une commère ou comme un juge d'instruction. Anthime pourrait serrer la main de Philippe, mais ce geste un peu grandiloquent serait prématuré.

— Je vous crois, dit-il.

Pas un mot de plus. La discrétion d'Anthime étonne Philippe. Il aimerait, à présent, donner toutes les explications qu'on n'a pas réclamées. Cela lui permettrait de voir clair en lui. Le petit bois de Malijas? Ce motif a pesé; mais les choses sont toujours plus nuancées qu'on ne croit, plus enchevêtrées.

Peut-être aussi le désir de gagner une partie difficile : séduire l'ennemi, l'apprivoiser, sceller un pacte. Peut-être, enfin, la nostalgie de l'amitié... En attendant, la réponse d'Anthime lui apporte un soulagement bien singulier : on le croit; on a donc confiance en lui. Au fond, c'est une chose affreuse que d'être soupçonné, même quand on n'a rien à se reprocher. A partir d'aujourd'hui, fini le bois de Malijas! On n'y pensera jamais plus.

Une lumière à moitié morte traverse les nuages étirés dont les trames se conjuguent. On ne distingue pas une seule crête, pas un seul pic. A terre, on ne reconnaît pas, non plus, les objets. Les deux piolets plantés à l'écart dans une faille évoquent un arbuste exotique et les sacs de montagne entourés de papier imperméable pourraient ressembler à un tas de sable. Le monde se dissout dans une brume de plus en plus froide que le vent déplace et ramène comme une substance élastique. Les gouttes sautent dans l'air et gèlent à présent. Une poussière glacée cingle le visage, cherchant à atteindre l'œil de préférence ou le coin des paupières pour piquer. Anthime frissonne dans ses vêtements trempés. Il claque des dents. Philippe l'observe à la dérobée, d'un air inquiet :

— Inutile de moisir ici, dit-il. Le temps

ne s'arrange pas, mais autant crever sur la route.

Cet humour viril convient à Anthime :

— Je suis bien de cet avis, dit-il en s'animant comme un écolier mis en récréation.

— Une minute! On ne va pas partir comme ça. Il faut d'abord vous changer.

— Mais non! Je n'ai rien d'autre, vous savez. Aucune importance, d'ailleurs. En m'échauffant, tout va sécher. Laissez-moi prendre la tête!

Philippe sent que la partie sera rude. Il s'apprête à jouer serré et fait appel à toute sa longanimité. Avant de se fâcher, de faire acte d'autorité, il faut se mettre à la portée des enfants. Et d'abord, parler le moins possible. Il ouvre son sac, prend une chemise, des chaussettes et les donne à Anthime :

— Mettez ça! dit-il.

— Jamais de la vie! Chacun est responsable de son équipement. Ne vous penchez pas sur mon cas comme une nourrice!

— Vous allez me faire le plaisir d'accepter, dit Philippe en riant.

— Sinon?

— Sinon, rien, répond Philippe en lui mettant la main sur l'épaule.

Puis, il ajoute sur un ton précipité :

— Je voudrais mettre toutes les chances de notre côté. Laissez-vous faire!

Anthime, sans un mot, commence à se déshabiller. Les tendons saillent et les muscles roulent comme des cordes sur son buste osseux, couvert de poils gris. Philippe lui tend une serviette :

— Avant de mettre la chemise, frictionnez-vous!

— Quelle comédie!

Anthime grogne pour le principe mais, finalement, la sollicitude de Philippe ne lui déplaît pas. Il y a cinq ans que personne ne s'est plus occupé de lui. Berthe Plantier, qui vient lui faire la cuisine à midi et le ménage une fois par semaine, ne s'inquiète jamais de savoir ce qui pourrait lui convenir. C'est lui qui l'a habituée ainsi; mais elle en prend facilement son parti; trop facilement.

— Mes souliers sont mouillés à l'intérieur, dit-il. Je changerai de chaussettes quand ils seront secs.

— Il fallait les poser à l'abri, comme je l'ai fait avant de me coucher.

— Vous êtes prévoyant, vous. C'est une qualité sans doute.

— Sans aucun doute. Vous mettrez ce pull, aussi. Le vôtre est trempé.

— Non, merci.

— Ne vous inquiétez pas pour moi! J'ai ce qu'il faut.

— Non, vraiment!

Anthime tranche l'air avec son nez d'un air buté et tremble dans sa chemise ouverte sous le vent qui souffle en rafales. La situation se gâte.

— Écoutez! dit Philippe, nous avons encore une nuit à passer dans la neige; une nuit ou deux. Votre confort est le dernier de mes soucis, vous n'en doutez pas. Il s'agit pour nous d'arriver au sommet. Pour arriver au sommet, il faut partir en condition. Alors, s'il vous plaît, ne faisons pas les choses à moitié!

— Ne vous fâchez pas! dit Anthime en souriant. Je cède. J'obéis. L'autorité ne m'a jamais intimidé. En revanche, votre air farouche m'attendrit.

Philippe serre les dents. Il sent qu'Anthime l'observe avec une curiosité ironique et dévorante. Il ne voudrait pas céder à un mouvement impulsif. Pour un homme d'affaires comme lui qui ne se démonte jamais, ce vieillard est vraiment le diable. Leurs regards se croisent et l'irritation de Philippe s'amollit soudain. Cet œil aux bords cruels qui plonge dans le sien répand une lumière chaude, une lumière qui donne envie de rire. La situation n'est-elle pas cocasse? Et les deux hommes, ensemble, éclatent de rire.

Anthime est à son aise. Cette atmosphère lui plaît et le contact de la chemise sèche lui procure un plaisir très vif. Son enthousiasme que l'humidité menaçait de liquéfier renaît, en même temps que son énergie. Il voudrait partir tout de suite, en tête, bien entendu. Philippe ramasse les vêtements mouillés, en fait un paquet qu'il enveloppe de papier sulfurisé et met le paquet dans son sac.

— Que faites-vous? demande Anthime. Et mon anorak?

— Il sèchera au fond du sac. En attendant, vous mettrez le mien. Moi, j'ai l'imperméable.

— Cette fois, je refuse. Je refuse carrément.

— Alors, prenez l'imperméable!

— Impossible! Je ne serai pas libre dans mes mouvements.

— C'est inexact. Les emmanchures sont larges. Vous ne serez pas gêné.

— N'insistez pas!

Le vent siffle. Des flocons microscopiques tourbillonnent et se logent dans les plis de la roche qu'ils colmatent, tandis qu'une pellicule glissante s'étend sur les surfaces planes. Il fait de plus en plus froid. Philippe réprime une envie de jurer, de cogner. Cette comédie ne finira-t-elle donc jamais? Il faut partir à présent. Le temps presse.

— Nous devons être à égalité, dit-il. C'est une question d'amour-propre. Je n'accepte pas d'être mieux équipé que vous.

Sans le vouloir, il a trouvé le seul argument qui pouvait impressionner Anthime.

— Il fallait le dire avant, répond celui-ci sur un ton loyal. Donnez-moi votre anorak! Je vais flotter dedans, mais tant pis! Du moment qu'il s'agit d'égalité.

Il trouve encore le moyen de faire de l'esprit, songe Philippe en accrochant son piolet sur le sac. Si je n'étais pas là pour résoudre les problèmes pratiques... Philippe récupère les pitons plantés dans le rocher, défait les nœuds d'assurance et détache la corde qu'il attache autour de sa ceinture; puis il s'approche d'Anthime et l'attache à son tour.

— Ne gardez pas toute la corde! dit Anthime. C'est moi qui passe devant.

— Il n'en est pas question. Le terrain ne vous convient pas.

— Il me convient parfaitement.

— Ces discussions sont stériles. Il s'agit de réussir, d'aboutir.

— Je me moque de réussir dans certaines conditions. Hier, au départ, je vous ai laissé mener. Aujourd'hui, c'est mon tour. L'égalité!

— D'accord! dit Philippe avec effort. Mais, alors, vous emportez le marteau et des pitons.

— Si ça peut vous faire plaisir. De toute manière...

— De toute manière, j'espère que vous

vous en servirez. Enfin, ne soyez pas stupide! Il s'agit d'un moyen, d'un moyen indispensable ici. Cela ne changera rien à vos idées. Vous n'avez pas de poche pour le marteau? Accrochez-le à votre mousqueton à côté des pitons. Plus tard, au moment de l'utiliser, ne manquez pas de l'attacher à votre poignet. S'il tombait dans le vide, notre situation deviendrait critique.

Anthime obéit sans répondre, en souriant d'un air moqueur. Il ôte sa casquette mouillée, la tord comme une serviette, l'agite dans le vent et la remet fièrement sur sa tête. L'anorak de Philippe lui tient chaud. Son corps est prêt pour la bataille. Ses pieds humides ne demandent qu'un peu de mouvement pour rétablir dans les orteils la circulation du sang. Il adresse un clin d'œil à Philippe et se tourne vers la montagne.

Les flocons poussés par un vent continu ne tourbillonnent plus mais tombent obliquement, de plus en plus serrés. Tous les plis de la roche s'inscrivent en blanc sur les dalles verticales. Un feutrage craquant recouvre les vires et les entablements. Philippe tremble sous son imperméable transparent et regrette son anorak douillet. Mais il fallait bien dépanner cet énergumène. Un sentiment de colère, aussi brutal qu'imprévu, l'envahit; sa patience craque. En voilà assez! Le vieux schnock lui complique vraiment trop la vie. On ne va pas compromettre sa santé, sa raison pour lui. Qu'il crève, après tout! C'est son affaire. Mais qu'il crève vite, alors! On pourra reprendre ses bonnes habitudes, nettoyer ce désordre. Philippe regarde la silhouette d'Anthime s'élever lentement et s'estomper dans la brume. A cinq mètres de distance, en suivant la corde, c'est à peine s'il reconnaît la forme d'un soulier. Bientôt, plus de soulier. Le coton grisâtre absorbe tout. Philippe écarquille les yeux, l'esprit tendu, déchiré. Cette disparition naturelle lui inspire une angoisse immotivée : comment Anthime va-t-il s'en tirer? Sera-t-il assez raisonnable pour utiliser les pitons? Mais non! Cette tête de mule ne consentira jamais. Mourir plutôt que de toucher au duralumin! On devrait enfermer ces gens-là dans des parcs zoologiques entre les marabouts et les phacochères. Et quand bien même il se déciderait à poser un clou, saura-t-il le planter convenablement? Et ne va-t-il pas lâcher le marteau? Philippe tend l'oreille de tout son être, mais le vent ne cesse de mugir dans l'air épais que la neige froisse. Impossible d'entendre un bruit explicite. Heureusement, les mouvements de la corde renseignent Philippe sur la progression d'Anthime. Mais, là encore, quelle imprécision! On peut imaginer des tas de choses. Quand la corde s'immobilise, par exemple. Depuis quelque temps, elle s'immobilise souvent. En cinq minutes, elle n'a pas monté d'un mètre. Que fait-il? Où est-il? Aux prises avec un surplomb, une dalle, un dièdre? Philippe a de plus en plus froid. Il est furieux contre Anthime qui se réchauffe en grimpant et qui lui donne de si vives inquiétudes. Il est furieux contre lui-même qui éprouve bêtement ces inquiétudes. Pourquoi suis-je si nerveux? se demande-t-il. Ma responsabilité est-elle engagée? Cette histoire n'a pas le sens commun. Les excentricités d'un vieillard ne me concernent pas. Notre sort n'est aucunement lié. Nos voies diffèrent autant que nos caractères. J'ai une femme, une petite fille. Le reste ne compte pas. J'ai une femme, une petite fille et, depuis hier, je n'y pense jamais.

Cette fois, la corde n'avance plus, ne vibre plus. Pas un millimètre. Pas un frisson. Et la brume, au lieu de se déchirer, s'épaissit. Philippe colle son oreille contre la roche : rien! Rien, sinon le bruit des flocons obliques qui chuchotent. Il ne sait plus que faire de son corps désœuvré, frotte ses doigts, les tord, donne des coups de pied sur la pierre. Vingt fois, il prend la décision de ne plus attendre et de monter. Vingt fois, le même scrupule l'arrête : Anthime doit régler sa petite affaire tout seul. Intervenir serait blessant. Philippe montera quand on l'appellera. Pas avant. En cordée, c'est une règle. Il faut essayer de penser à autre chose, à la dernière réunion du Conseil municipal, par exemple. Au diable, le Conseil municipal! Philippe regarde la corde obstinément : nylon rouge. Anthime, cette fois, n'a pas sourcillé. Au fond, ses manies sont moins impératives qu'on ne croit. Avec ces histoires de chanvre et de piton, il cherche avant tout à se rendre intéressant. Mais oui! Les misanthropes ont besoin d'un public. C'est admis. En attendant, bien sûr, il se laissera tomber plutôt que de poser un clou. Question de principe? Non! question d'effet. Ne pas rater son effet. Philippe s'énerve progressivement, les yeux fixés sur le nylon rouge. Soudain... Est-ce possible? Un son clair, suivi de trois coups dont le timbre n'est pas inconnu. Le marteau! Mais oui! Le marteau qui frappe. Le vieux schnock s'est enfin converti. Philippe triomphe. Il est heureux. Désormais, on va pouvoir grimper selon les règles et sans se torturer l'esprit. Un peu d'ordre, enfin, de bon sens et de méthode! La corde tressaille et monte soudain : un bond de deux mètres; et la voilà qui court à présent sur la roche et qui s'arrête. Le marteau! On entend le marteau à nouveau. Philippe frotte ses mains l'une contre l'autre. Il y prend goût, songe-t-il. Au son, je devine même qu'il s'en tire très bien. Quel phénomène! On en fera un grand alpiniste.

La corde repart et court maintenant sans interruption. On va bientôt arriver au bout de la longueur d'attache. Un cri lointain perce la brume, à travers les flocons :

— Allez-y!

Philippe ne se fait pas prier. Ses jarrets se détendent en bonds souples et violents. Ses mains volent sur la pierre. Il ne prend même pas la peine de vérifier les prises. On l'assure. Pourtant, le passage n'est pas des plus faciles. Un cul-de-sac. Philippe cherche le premier piton, le trouve et s'arrête pour le récupérer : travail correct; le clou est planté dans la bonne direction et l'anneau n'a pas trop souffert sous les coups. La corde se tend, menace d'arracher Philippe au rocher :

— Du mou! hurle-t-il.

Il met le piton dans sa poche et s'arrête un peu plus haut pour décrocher le deuxième piton. Ses doigts gourds s'écorchent sur le métal et saignent. Il ébauche un mouvement pendulaire sur la gauche, escamote un éperon dentelé et le voilà tout souriant auprès d'Anthime :

— Beau boulot! dit-il.

Il constate qu'Anthime a la nuque appuyée contre le rocher et qu'il respire difficilement. Un petit coup de pompe, sans doute. A cet âge, rien d'étonnant. Il faut faire semblant de n'avoir rien remarqué :

— A mon tour, maintenant! dit-il.

Anthime lui fait observer qu'il est trop tôt. On ne change pas de guide tous les trente mètres. Mais Philippe ne l'écoute pas et s'élance. Anthime ne le regarde pas grimper. Pourtant, le ciel se dégage un peu. Les flocons tombent, plus gros et plus serrés, mais une lumière blafarde monte derrière eux et le brouillard s'écarte. On voit la pierre, à présent, sur une bonne longueur de corde. Il serait intéressant de suivre la manœuvre de Philippe au pied de ce dièdre parfait. Mais Anthime ferme les yeux, face au vide, le dos contre le rocher. Ses oreilles bourdonnent. On dirait que le sang, dans sa tête, déplace des membranes de papier. Des gouttes de sueur roulent sur son visage couleur de sable. Ses genoux tremblent. Il a froid. Toute l'énergie et toute la chaleur dépensées dans la nuit pour lutter contre l'humidité lui font, à présent, défaut. Une douleur sourde s'irradie sous les côtes, chaque fois qu'il cherche à reprendre sa respiration. Qui aurait pu prévoir une défaillance pareille? Il se sentait si jeune, si fort, et brusquement...

A quel moment, exactement? Après avoir planté le deuxième piton : ce voile devant les yeux, cette amertume dans la bouche, une impression de cruche qui se vide. Mais Philippe ne doit se douter de rien. Tenir jusqu'au bout. Sauver la face.

Anthime est très malheureux. C'est une chose affreuse que de se sentir vieux, après avoir rué dans les brancards toute sa vie. Soixante ans. Le temps de la résignation, des petites économies, de la sagesse sans envol. On se console de la défaite en faisant un peu de philosophie. Le cœur se précipite à la moindre alerte; la poitrine siffle; les mains tremblent. Quelle honte! Il ne fallait pas toucher aux pitons. Tout le mal vient de là. Il a voulu s'adapter, se soumettre, entrer dans le moule. Le moule n'en a pas voulu. C'est bien fait.

Anthime n'est pas dupe de cette dialectique inepte mais l'absurdité de son raisonnement le soulage un peu. Il préfère encore invoquer des péchés imaginaires, accuser la fatalité, la justice occulte plutôt que de considérer sa retraite physique comme un phénomène naturel. Mais Philippe l'appelle. Il faut grimper. Au moment d'étreindre la roche, Anthime pense qu'il ne lui sera pas possible d'assurer son équilibre; mais, après deux tractions sur une arête vive, ce pronostic pessimiste lui paraît moins évident. Finalement, les choses se présentent mieux qu'il n'aurait cru. Les tremblements n'affectent qu'un peu de chair au-dessus du genou et la jambe conserve un certain ressort. La tête ne s'abandonne pas au vertige. Le cœur retrouve un rythme admissible et la douleur, sous les côtes, s'atténue. Décidément, il n'y a rien de tel que le mouvement pour chasser le mal. Si Anthime était resté appuyé contre le rocher, il n'aurait jamais retrouvé son souffle ni son courage. L'espoir insensiblement renaît en lui, allume des feux discrets dans sa chair éprouvée. Chaque fois qu'il hésite un peu sur une prise, la corde est là qui se tend et cette impulsion familière lui donne des forces. Quand il rejoint Philippe, il n'a plus froid, ne transpire plus et son visage a repris des couleurs. Philippe le constate avec une heureuse surprise. On avait tort de s'inquiéter. L'animal est increvable. En revanche, lui, Philippe, ressent une certaine fatigue. Cette dernière escalade l'a marqué. La fissure, au centre du dièdre, était bouchée par la neige; il a fallu la dégager à la main. Travail long, extrêmement pénible, qu'on a été obligé d'effectuer sans gants; et maintenant les doigts sont presque gelés; Philippe les porte à sa bouche. Une idée lui traverse l'esprit brutalement : on est parti, ce matin, sans manger. A quoi pense-t-il? C'est de la folie :

— Anthime! s'écrie-t-il. On a oublié de bouffer.

Il a véritablement crié. Cette manière désordonnée de s'exprimer ne lui ressemble pas. Elle convient à Anthime qui le dévisage d'un air enjoué. Ils sont debout, coude à coude, sur une plate-forme glissante, large de quinze centimètres et légèrement inclinée dans le vide. Philippe tourne le dos à Anthime et lui demande de fouiller dans la poche droite de son propre sac qu'il n'a pas la possibilité de décrocher :

— Vous trouverez des biscuits et du chocolat.

— Vitaminé, le chocolat?

— Non! Idiot! Dépêche-toi! Je glisse.

Anthime n'est pas scandalisé par cet accès de familiarité que rien, jusqu'ici, ne laissait prévoir. On le traite d'idiot et c'est la première fois qu'on le tutoie. Le maire de Sainte-Rose, l'homme d'affaires, baisse la tête, arrondit l'échine comme un mulet que l'on décharge. D'une chiquenaude, Anthime pourrait le précipiter dans le vide, mais ses gestes, au contraire, sont très mesurés; il éprouve beaucoup de sympathie, soudain, pour ce compagnon de route, pour ce garçon si jeune d'esprit qui le rajeunit :

— Il y a un sachet de pruneaux, dit-il. Je le prends?

— Oui! Vide la poche!

— Non! pas complètement.

— Pourquoi?

— Le tube qui se trouve dans le fond, je n'y touche pas; que ça te plaise ou non.

— C'est de l'aspirine. Tu n'as jamais pris d'aspirine?

— Autrefois, quand j'étais petit. Il y a plus de cinquante ans.

— Et quand tu as la grippe ou une crise de rhumatisme, qu'est-ce que tu fais?

— J'attends.

Philippe se retourne, en s'accrochant à l'épaule d'Anthime pour garantir son équilibre :

— Toi, dit-il en riant, tu n'aimes pas ton époque.

— J'aime certaines choses. Il faut savoir choisir. Donne-moi un pruneau!

Ils mangent avec voracité, sans regarder leurs aliments, d'un air absolument distrait. La neige a cessé de tomber et le vent s'est un peu calmé. Il souffle toujours avec force mais ne tourbillonne plus et semble venir de l'Est où l'on aperçoit une flaque de ciel verdâtre dans une échancrure. Ailleurs le brouillard enveloppe toutes les cimes et monte vers les nuages de plomb étalés en plafond.

— On dirait que le temps s'arrange, dit Anthime.

— Possible. C'est une impression. Au premier rayon de soleil, il faudra déballer les sacs de couchage et les faire sécher; sinon, cette nuit, gare à nos pieds! Tu n'oublieras pas, non plus, de changer de chaussettes. Pourquoi ris-tu?

— Pour rien.

— Au fond, tu es un intellectuel. Tu as honte des détails matériels.

— Toi, tu as besoin d'eux.

— Oui, parbleu!

— Tu as besoin d'eux pour assurer ton équilibre.

— Subtil! Trop subtil pour être vrai. C'est bien ce que je disais. Tu es un intellectuel. Prends ce biscuit, professeur! Je m'en vais.

Et Philippe recommence à grimper. Anthime le suit des yeux, les mains posées sur le rocher; mais la tête lui tourne un peu et sa joue vient s'appuyer contre la pierre. Il est très satisfait d'avoir recouvré une partie de ses forces et d'avoir fait bonne impression sur Philippe qui n'a rien remarqué. Et puis ce chocolat, ces biscuits lui ont fait du bien. La présence de Philippe, aussi, lui permet de rester jeune. Son enthousiasme est loin d'être enterré. Mais il ne se berce pas, non plus, d'illusions. Il sait que sa condition physique a changé et que le moteur ne tournera jamais plus comme avant. Il ne pourra plus se dépenser comme hier, se donner à fond. Monter en second, c'est à peu près tout ce qui lui sera permis de faire. Cette dernière perspective le révolte : Non! On tentera l'impossible. Il faudra reprendre la tête. Au moins une fois. C'est une question de dignité, d'honneur. Sinon, autant en finir tout de suite.

Il fait de plus en plus froid et la casquette est toujours humide. On pourrait aussi bien rester tête nue. Mais non! On va mettre la cagoule et la casquette par-dessus. Après une seconde d'hésitation, Anthime se décide. En toute justice, on doit reconnaître que cet anorak est bien commode; le vent ne passe pas. Mais il ne faut pas s'appesantir là-dessus, sinon on finirait par bêler avec les autres et par s'agenouiller en troupeau devant le confort. Le progrès technique a pris dans les âmes la place que la religion a perdue. On aurait pu trouver mieux.

Anthime, élevé dans un milieu syndicaliste et libre penseur, n'a jamais été baptisé. Il s'en passe, d'ailleurs, fort bien. Les mystères de l'Église dont il se fait une idée simpliste ne lui inspirent aucune nostalgie. Il regrette seulement que les rationalistes, ses frères spirituels, soient devenus ce qu'ils sont : des doctrinaires sans idéal, fermés à l'esprit. Ils font semblant d'adorer la matière quand ils sont déjà nivelés, crétinisés par le confort. Au fond, le professeur Bresson, agnostique passionné, n'a jamais cessé de prêcher pour la foi. Sans élan spirituel, sans flamme intérieure, l'existence lui paraît une chose nulle.

Il s'interroge, en ce moment, sur le sentiment bizarre, inexplicable qui semble l'attacher à Philippe. Au fond, malgré tout ce qui les oppose, ne sont-ils pas de la même race? N'ont-ils pas en commun le mépris d'un certain bien-être et des contingences? En dépit des apparences, Philippe n'est pas indifférent au massacre de la nature. Un technocrate serait-il sensible? Anthime s'étonne de cette vague d'indulgence qui attaque son cœur à l'improviste; indulgence à l'égard de Philippe mais encore à l'égard de tous les contemporains, de leurs idoles et de leurs théories. Mes griffes sont usées, pense-t-il. Mon intransigeance se rouille.

Une traction de la corde l'arrache à sa rêverie. On l'appelle. On l'attend. Il monte...

Philippe l'accueille d'un air soucieux :

— Ça va? demande-t-il.

— Oui. Pourquoi?

— Une pierre s'est détachée. Je n'ai pas réussi à la retenir. Tu n'as rien vu? Rien entendu?

— Non! Mais c'est toi qui es blessé.

Le pouce de Philippe est à moitié écrasé. Le sang coule à travers l'ongle et la chair meurtrie.

— Il faut le soigner, dit Anthime.

— Dans la poche gauche de mon sac, tu trouveras un rouleau de sparadrap. Je n'ai pas de ciseaux. Tiens! Prends mon couteau!

Anthime s'affaire. Le courage de Philippe l'impressionne et l'émeut :

— Comment est-ce arrivé? demande-t-il.

— En voulant retenir la pierre, mon doigt est resté coincé. J'ai de la chance. Dans le rocher, le pouce ne sert pratiquement à rien. Merci! Cela suffit. On s'en va tout de suite.

— Attends! C'est moi qui passe devant.

— Non! Laisse-moi faire! Sur ces dalles, je vais plus vite que toi. Il faut gagner du temps.

Anthime aimerait céder. Il s'est habitué à monter en second. Une sorte de paresse altère son courage et cette paresse se déguise sous de sages prétextes : il ne faut pas contrarier Philippe en ce moment; d'ailleurs, Philippe a raison : il est infiniment plus rapide sur les dalles. Mais Anthime n'a pas l'habitude de tricher dans ses examens de conscience et tous les fards, tous les masques de la lâcheté lui inspirent plus de dégoût que la lâcheté elle-même. Il ne cédera pas; et cependant...

Cependant, il éprouve une certaine appréhension. Cette décision lui paraît dangereuse, néfaste. Bien entendu, ces sentiments le traversent à une vitesse fulgurante, le temps d'une respiration :

— Impossible, dit-il, je préférerais couper la corde. Nous devons être à égalité.

Philippe hausse les épaules :

— Fais ce que tu veux! Je n'ai pas envie de discuter.

Il regrette aussitôt ses paroles, tandis qu'Anthime attaque la première dalle. Le passage, à première vue, ne semble pas spécialement délicat. Anthime est de taille à s'en tirer. Il l'a prouvé récemment. Philippe lui a remis le marteau et une dizaine de pitons. Anthime n'a pas soulevé d'objections. Il paraît bien disposé à grimper selon les règles de l'art. Cependant, Philippe est inquiet. Au moment de répondre : « Fais ce que tu veux! Je n'ai pas envie de discuter », il a pensé le contraire. Oui, à ce moment précis, il avait vraiment l'intention de discuter pour empêcher Anthime de faire ce qu'il voulait, et la réponse est tombée machinalement. Le sens du ridicule ne nous laisse jamais tout à fait libre. Philippe est d'autant plus inquiet que son inquiétude, pour l'instant, ne semble pas motivée. Anthime ne tâtonne pas, il a choisi l'itinéraire adéquat, à un centimètre près. Quand il s'arrête pour étudier la pierre, on le sent plein d'assurance. Il entame une traversée périlleuse sur la droite, avec des prises d'ongle. Rien à redire. La direction est bonne et la manœuvre correcte à condition de pitonner, maintenant. Anthime tire le marteau de sa poche. Philippe devrait se sentir soulagé, triompher même : il a réussi à imposer sa méthode; mais son cœur est étrangement serré. Il n'aurait jamais dû répondre : « Fais ce que tu veux! » La liberté laissée aux enfants n'a pas de sens. Et même la liberté en général. Quand on est attaché à quelqu'un par une corde ou par des sentiments d'amitié, il n'y a pas d'autonomie possible. Ceux qui prétendent le contraire sont des esthètes ou des indifférents.

Anthime semble avoir beaucoup de mal à prendre un piton dans sa poche avec la main qui tient déjà le marteau. Son équilibre est précaire. Il n'aurait pas dû s'avancer jusque-là, avant d'assurer sa position. Voilà pourquoi Philippe était inquiet. Voilà ce qu'il redoutait inconsciemment. A présent, on dirait qu'Anthime n'arrive pas à faire tenir le piton dans la fissure. Pourquoi s'allonge-t-il sur la roche? Ah! Le marteau se lève. Eh bien! Qu'attend-il pour frapper? Philippe, dix mètres plus bas, serre convulsivement un bec de granit. S'il n'était pas un homme, il fermerait les yeux. Bruit métallique. Mais le son n'est pas clair. Le marteau a porté de travers. Anthime essaie de retenir le piton. Malheureux! Pas de mouvements inconsidérés! Philippe, de toutes les forces de son âme, voudrait ne pas céder à l'attraction de la fatalité, croire à la chance d'Anthime, mais son cœur est vraiment trop serré. Il sent que les événements se succèdent, s'engrènent comme les éléments d'un moteur inexorable. Alors, il n'attend pas la fin et bondit littéralement en avant, pour gagner cinq mètres de corde au moins, sans perdre Anthime de vue, bien entendu. Au lieu de grimper derrière celui-ci, il préfère obliquer légèrement à gauche, dans le rocher surplombant. Pourvu qu'Anthime tienne une minute encore! Une demi-minute! Philippe a choisi comme objectif un éperon fissuré. Sur cette étrave, on pourrait coincer la corde, enrayer la chute d'Anthime. Encore deux mètres; un mètre cinquante et c'est gagné. Sans pitons, quelle folie! Ici Philippe ne peut plus compter sur la technique. Pour forcer le passage, il faut s'en remettre au hasard. En avant! Les bras se détendent sur des « grattons »; les genoux, les cuisses rampent, épousent les ressauts inhospitaliers de la pierre. Et voilà! Une couronne autour du rocher. La corde glisse dans la fissure. Anthime, au pied de sa dalle, tient toujours. Quel homme! Il vient de laisser tomber le piton, en a pris un autre dans sa poche. Pourvu qu'il ne lâche pas le marteau! Son pied droit remue, sans changer de place. Toute l'attention de Philippe se concentre, soudain, sur ce pied droit qui semble vouloir creuser le rocher, qui cherche désespérément quelque chose et ne le trouve pas. Une seconde. Deux secondes. Les jeux sont faits. Rien ne va plus. La pierre repousse le soulier qui donne un coup de talon dans le vide. Le dos s'arc-boute; les bras écartés étreignent des masses d'air fuyantes. Pas un cri. Philippe attend le choc, tous les muscles bandés contre le roc. Six mètres de chute libre. Soixante-cinq kilos environ. Il faudrait un éléphant pour décrocher Philippe. Crac! Mais non! Rien de cassé! Le nylon a tenu. Malheureusement, Anthime a heurté le rocher. Il se balance au bout de la corde comme un pendu. Est-il évanoui? Non! Ce n'est pas le crâne qui a porté, mais le flanc, les côtes et la jambe. Seulement, la corde a dû lui couper la respiration. Il faut agir, agir vite. Mais si Anthime ne reprend pas connaissance et n'arrête pas de se balancer dans le vide au lieu d'attraper le rocher, Philippe, serré de son côté par le contrepoids, n'aura pas assez de champ pour manœuvrer. Heureusement, Anthime vient de se retourner, face à la paroi. Son pied se pose sur une arête. La corde se détend. Philippe la fixe solidement au rocher et se laisse glisser à pleines paumes. La première chose qu'il fait, en arrivant auprès du blessé, c'est de reprendre le marteau que celui-ci n'a pas lâché et de planter un piton d'assurance. Impossible d'allonger Anthime. La vire n'est pas assez large. Il faudra le maintenir debout contre le granit en arrimant la corde sur un deuxième piton. Philippe est gêné dans ses mouvements par son pouce qui s'est remis à saigner. Le sparadrap s'est détaché avec l'ongle contre la pierre. Anthime, lui, ne saigne pas. Pas même une égratignure. Ses doigts s'accrochent au rocher, mais il s'agit presque d'un geste facultatif. Les doigts pourraient aussi bien s'ouvrir et caresser le vide. Quand Philippe tire sur la corde, Anthime suit docilement le mouvement. Il ne ferme pas les yeux, mais son regard est absent. Son visage a l'air reposé, à condition de ne pas regarder la lèvre supérieure retroussée sur une dent pointue. Il s'en fout, pense Philippe, et moi je me crève. Philippe se trompe grossièrement. Anthime ne s'en fout pas. Il rassemble toutes ses énergies, tout son courage pour revenir à la surface, émerger de ces nappes qui étouffent son esprit. Il est parfaitement conscient de sa déchéance momentanée. Il voit Philippe tourner autour de lui, mesure avec précision l'étendue de ses efforts et se désespère de n'être bon à rien. La tentation le prend de se détacher, de plonger dans le gouffre. En finir! Philippe serait sauvé et lui-même, Anthime, serait débarrassé de ce terre-neuve. Quel repos! Ne pourrait-on pas le laisser seul, une fois pour toutes? La mort ne lui fait pas peur. Il a fallu que cet animal vienne brouiller les cartes. Obligé, maintenant, de compter avec lui. C'est pour lui que l'on doit vaincre sa propre défaillance, au lieu de continuer à dormir. Il faut se réveiller... pour lui faciliter la tâche. Quelle croix!

Anthime ne souffre pas vraiment, mais il respire difficilement, à cause des côtes dont plusieurs doivent être cassées. Le crâne n'a pas heurté la pierre directement; le bras se trouvait dessous. Le muscle de l'épaule est froissé; il suffit de remuer le poignet pour s'en rendre compte; la douleur monte comme une flèche empoisonnée. Au fond, rien de grave, rien de définitif. Le plus ennuyeux reste cette somnolence, ce paquet de laine dans la tête. Est-ce la tempe qui a porté sur le bras? Ou bien la nuque? Choc amorti. Coup de matraque en caoutchouc. Comment reprendre le dessus? D'abord, fermer les paupières avec force; puis les rouvrir. Répéter

cet exercice. Tiens! Une pierre sur la bouche!
Non! Un morceau de verre!

— Bois! dit Philippe.

Anthime obéit; le verre coule, brûle, descend dans le corps, se ramifie. De l'alcool. La laine se déchire; les nappes s'écartent. Enfin! Anthime revient à lui.

— Rien de cassé? demande Philippe en reprenant le flacon de gin.

— Pour moi, c'est fini. Laisse-moi!

— Ne dis pas de conneries!

— Laisse-moi! Tu perds ton temps. Continue seul!

— Non! On reste ensemble. Je me charge de tout. D'abord, où as-tu mal?

— Je n'ai pas mal. Laisse-moi!

— Écoute! J'ai besoin de savoir. On va descendre, tu comprends?

— Jamais de la vie!

Cette fois, Anthime est parfaitement réveillé. Il vient de parler sur un ton d'autorité bizarre : une sorte de cri. La violence intérieure de ce cri ébranle la résolution de Philippe :

— Que veux-tu faire, alors?

— Rien. Je ne bouge pas de là. Toi, tu t'en vas.

— Pas question!

— Dans ces conditions, on monte; on va jusqu'au bout.

— Quoi! Tu veux continuer?

— Je ne veux pas descendre; voilà tout.

Philippe regarde le visage amaigri d'Anthime, la peau terreuse tendue sur les os et les yeux un peu fous qui brillent. Il regarde ensuite le ciel qui ne se dégage pas. A l'horizon, la flaque verte est écrasée par des nuages massifs. Il fait froid. Après tout, Anthime a peut-être raison. Avec cette neige qui se prépare, la descente serait plus longue que la montée. Le sommet n'est pas tellement loin. On peut tenter l'aventure.

— On continue, dit Philippe.

Son pouce ne saigne plus. Avec le couteau, il détache un petit morceau de chair qui pend.

IV

C'est un phénomène curieux que de se tenir debout contre le rocher avec le sentiment d'être allongé à plat. Anthime ne délire absolument pas. Il sait parfaitement où il est, ce qu'il fait et ce qu'il doit faire, mais ses sensations voyagent un peu, s'égarent à plaisir. Par exemple, sans éprouver une véritable impression de vertige, il lui arrive de faire basculer la montagne et de se retrouver couché, en position horizontale, sous le ciel vertical. La pensée flotte comme les nuages ou se déplace par saccades comme les flocons quand le vent les pousse. C'est très reposant. Anthime n'est pas fatigué. Il marcherait encore toute la nuit. Pour l'instant, il attend son tour contre le rocher. Philippe, dans dix minutes, dans cinq minutes peut-être, tirera un peu sur la corde. Il faudra repartir. La main se posera sur les prises sans les chercher et le pied suivra machinalement. Aucun effort. De toute manière, la corde sera là pour aider, soutenir... porter le cas échéant. Anthime, jusqu'à présent, n'a jamais consenti à se laisser porter, traîner comme un poids mort. Il a toujours réussi, avec un peu de chance, à se tenir convenablement. Chaque fois que sa tête s'affaissait, que ses genoux pliaient, le hasard venait à son secours : un coup de vent bien frais lui relevait la tête ou bien la corde se mettait à vibrer, comme si Philippe avait pressenti quelque chose à distance. Il est six heures du soir; six heures et demie. La neige tombe depuis midi : des flocons microscopiques et très espacés, heureusement. Toutes les bonnes prises sont recouvertes. Philippe doit avoir beaucoup de mal pour faire la trace sans gants. Ses doigts sont à moitié gelés. Il n'a pas daigné remettre du sparadrap sur son pouce. C'est bizarre. Un garçon si méticuleux. Anthime, lui, n'a pas froid du tout. Il n'a pas chaud non plus. Sa peau est comme enveloppée de carton, du carton qui craque chaque fois qu'il s'agit de respirer un peu fort. A droite, au-dessous du sein, on dirait qu'on lui donne des coups de poing, un coup de poing par inspiration. Mais on s'y habitue. Cela devient une sorte de rite... à cause du rythme et du synchronisme. On dit que certains sauvages prennent plaisir à se flageller sur un air de tam-tam. Anthime est peut-être un sauvage. Le bonheur douillet l'a toujours un peu effrayé. Aux premiers temps de son mariage avec Nathalie, quand le plaisir de vivre ensemble et la joie de s'aimer s'étaient installés dans la vie quotidienne comme un programme naturel, la tendresse partagée, le sentiment de n'être plus jamais seul le plongeaient dans un état de fièvre où l'anxiété finissait par triompher de la satisfaction ressentie. Nathalie s'étonnait de ces brusques replis, de ces silences incompréhensibles qui gâchaient leurs instants les meilleurs et lui semblaient inspirés par des regrets de vieux garçon ou par des spéculations plus ou moins égoïstes. En fait, Anthime ne regrettait rien, n'évoquait jamais avec mélancolie le souvenir d'une indépendance révolue, mais la douceur intime lui faisait peur. Il ne vivait rassuré que dans les transes, aux heures inattendues où le bonheur tendait une corde prête à se rompre dans son cœur; quand Nathalie, par exemple, entrait dans une pièce au moment précis où il la désirait; quand leurs yeux se rencontraient, sans y être préparés, comme des yeux neufs; ou bien quand Maurice lui prenait la main à l'improviste. Cette main d'enfant dans la sienne lui semblait la chose la plus vraie, la plus précieuse du monde. Il se sentait dépositaire d'un trésor d'existence et riche d'une responsabilité dont l'étendue lui faisait perdre moralement l'équilibre.

Tiens! Quelle surprise! Le couteau! Il avait troué la poche et s'était logé dans la doublure du pantalon. Depuis jeudi soir, Anthime le cherchait. Voyons, quel jour sommes-nous? Vendredi? Non! Vendredi, c'était hier. On a quitté le refuge à trois heures du matin. Vendredi soir, on a bivouaqué avec Philippe. Aujourd'hui, samedi, les employés de bureau n'ont pas travaillé. Après le déjeuner, ils ont pris chacun leur voiture, avec toute la famille, ou, plus exactement, la voiture les a pris. Feux rouges, vapeurs d'essence, digestion lente. Anthime a pitié de ces hommes congestionnés. On aurait tort de les mépriser, de se moquer d'eux. La société moderne les conditionne. Leur conscience déchiquetée s'éparpille sur la machine. Seulement, il faudrait sauver les enfants. Comment faire? Le monde extérieur les entraîne dans son mouvement tournant. Impossible à chacun de se retrouver, de se rassembler. La turbine les rejette toujours plus loin, à la surface des choses. Anthime rêve de couper la courroie de transmission. Ses yeux papillotent. Sa tête vacille un peu. Un coup de couteau : crac! La courroie tranchée, tout rentrerait dans l'ordre. Un silence parfumé tomberait sur les villes et les enfants iraient à l'école à pied, comme autrefois, avec un cartable sur le dos.

La corde, en glissant, détache un morceau de glace et une pelote de neige. On entend la voix de Philippe. Anthime aimerait se précipiter, mais tous ses gestes sont lents, arrondis. On dirait que l'air devient consistant comme du feutre; il crachote un peu dans l'oreille et dans la poitrine. A certains moments, la pierre paraît molle ou bien c'est le doigt qui s'aplatit. Anthime grimpe, les yeux écarquillés. S'il ratait la bonne prise, si son pied glissait, Philippe, là-haut, retiendrait la corde. Aucun danger. Sécurité absolue. On pourrait, dans ces conditions, fermer les yeux, se laisser aller. Non! Jamais! Il faut lutter jusqu'au bout, soulager le travail de Philippe et surtout... faire illusion. La façade a toujours plus d'importance qu'on ne croit. En sauvant les apparences, on gagne parfois des batailles désespérées. On a vu des infirmes qui guérissaient à force de se tenir droits. Attention! Un piton! Il faut le récupérer. Philippe est si content quand on lui rapporte ses petits jouets. Anthime grimace en tirant sur l'anneau de duralumin coincé dans le granit. Il rassemble ses dernières forces et mord sa lèvre inférieure jusqu'au sang. Dormir, le nez écrasé sur ce bout de métal qui ne veut pas sortir. En finir une bonne fois pour toutes! La corde est là qui s'impatiente, qui ne comprend pas. Une minute, quoi! Le piton tremble, oscille dans la fissure. Il est mûr. Un dernier effort et le voilà! Dans la poche, vite, qu'on ne le voie plus! Les doigts, à présent, sont bleus. Il faudrait mettre les gants, sinon... Pas le temps! Anthime ne peut plus déplier les phalanges. Il monte avec les mains recroquevillées comme des crochets. Ses jambes suivent involontairement. Il ne sait plus très bien s'il gagne du terrain et s'imagine parfois descendre. Les gouttes de sueur roulent sur son visage rouillé, balayant au passage des grains de givre retenus dans les rides. Sa bouche bâille avec un bruit de tambour crevé.

Philippe, de son côté, est très éprouvé. Avec son imperméable de papier, il n'a jamais réussi à avoir chaud de la journée. Ses membres contractés tressaillent. La fatigue envahit ses yeux, sa nuque et coule dans son dos. Plus que l'effort physique c'est l'attention qui vous épuise; l'attention, le souci du petit détail. Qu'ils sont heureux, les rêveurs, les illuminés comme Anthime! Il y a toujours quelqu'un pour les servir, pour tenir des comptes à leur place, pour résoudre les problèmes matériels. Ils planent, engagent un combat spirituel, près du soleil, et s'étonnent de n'être jamais suivis. Comment les hommes peuvent-ils ramper, obéir à des machines? Tout n'est qu'esprit. Il suffit de regarder les choses avec un peu de hauteur. Vue d'avion, la terre apparaît comme un symbole quadrillé. En attendant, les Béotiens sont là pour veiller au danger, planter des pitons et tirer sur la corde. Philippe est injuste à l'égard des illuminés en général et d'Anthime en particulier. Il le sait, mais cette injustice le distrait de sa fatigue et lui donne un peu d'influx nerveux. La peau de ses mains, usée par la corde, est à vif. L'extrémité de ses doigts est enflée, crevassée par le gel. Le pouce blessé a pris une couleur violette, avec une croûte noire au bout. Depuis la chute d'Anthime, Philippe ne s'est pas accordé le temps de souffler. D'abord, il a forcé l'allure, choisissant toujours l'itinéraire le plus rapide, au mépris de sa propre sécurité. Avec ses ongles, il a gratté la neige sur les prises, arraché la pellicule de glace. Ensuite, il n'a jamais cessé de s'occuper d'Anthime, d'observer ses moindres réactions, de les deviner à distance. Tendre la corde n'est rien. Il faut encore réfléchir, doser chaque traction. Quand Anthime n'avançait plus, il ne s'agissait pas de tirer tout de suite mais de calculer sa position; la calculer de mémoire, d'après la longueur de corde enroulée sur l'épaule. Anthime, en principe, devait s'arrêter pour récupérer les pitons. Il ne fallait pas le déséquilibrer à ce moment-là. Et puis Philippe n'osait pas non plus le traiter comme un colis. Il s'attendait à une défaillance, à un effondrement subit mais ne voulait, en aucune manière, anticiper sur les événements et s'accrochait inconsciemment à un rêve insensé : l'effondrement ne se produirait pas. Anthime n'était pas un homme ordinaire. Sinon, comment expliquer tant de patience à son égard? Aurait-on supporté longtemps ses humeurs, ses manies, ses folles obstinations? Toutes ces épreuves qu'on affrontait pour lui, toutes ces souffrances deviendraient intolérables. Il ne serait plus qu'un vieux professeur, un songe-creux, un inadapté social. En tout cas, pour l'instant, il ne se comportait pas comme un homme ordinaire. Il ne s'appuyait même pas sur la corde, assurait son équilibre tout seul. Il oubliait, de temps à autre, de ramasser un piton, mais quel alpiniste en bonne santé peut se vanter de n'avoir jamais commis pareille négligence? Il lui arrivait de baisser la tête et de respirer bruyamment, les narines pincées. Il souriait ensuite, comme pour s'excuser, la main posée distraitement sur sa poitrine défoncée. Philippe ne s'y trompait pas. Ce sourire d'excuse était un défi, un sarcasme. Le vieux schnock n'abandonnait pas la compétition.

La corde est bloquée. C'est bizarre. Il n'y a pas de piton, à cet endroit-là. Philippe donne, sans tirer, un petit coup sur la corde, une manière d'appel, de question. La neige ne tombe plus, mais le vent du nord se lève. Il va faire extrêmement froid. Les nuages crèvent, s'effilochent, repoussés sans cesse vers le sud. Le ciel limpide et blanc transparaît comme un étang. Philippe, les jambes légèrement écartées, le buste rejeté en arrière, attend. Il est inquiet. Anthime n'a pas répondu à sa question. Que fait-il? S'est-il évanoui? Les minutes sont précieuses. Le sang se retire très vite quand on est pendu. Mais si Anthime était pendu, Philippe le saurait. On ne triche pas avec le poids. Philippe sent la corde immobile entre ses doigts, morte. Il s'accuse d'être impatient, nerveux, anxieux. Ce n'est pas une attitude de montagnard. Mais, depuis hier, l'ordre naturel des choses semble bouleversé. D'où lui viennent ces nerfs de fille et cette sensibilité d'écorché? Anthime l'aurait-il contaminé? On ne saurait partager deux jours la même existence impunément... Ah! Fin d'alerte! La corde se détend. Philippe la ramène autour de son épaule et pousse un soupir. Décidément, il n'en peut plus. Sept heures moins dix. On va s'arrêter là, sous le rocher. L'abri n'est pas mauvais. Il y a la place pour deux sacs de couchage, en se serrant. Mais on ne pourra pas utiliser celui d'Anthime qui doit être encore trempé. Et cet ahuri n'a pas encore changé de chaussettes. La répartition des calories va poser des problèmes. Se bourrer de vitamines. Surveiller les orteils qui gèlent sans avertir. Avant tout, éviter le sommeil profond. Une belle nuit en perspective!

Philippe enroule insensiblement la corde autour de son épaule. Il est pressé d'arriver au bout mais ses gestes sont de plus en plus calmes, de plus en plus lents. Son visage alourdi par la fatigue, serré par le froid, n'exprime qu'une indifférence passive. On tire l'eau du puits. Encore deux mètres de corde, un mètre, et le seau va paraître. Une main sur la roche. Philippe ne la regarde même pas. Qu'il se dépêche, bon Dieu! Qu'il se dépêche! répète-t-il mentalement. Anthime se dépêche tant qu'il peut. Il est debout près de Philippe et sa nuque heurte un peu le rocher; ses genoux plient. Philippe fait un geste pour le retenir.

— Ça va! Ça va! dit Anthime.
— On s'arrête là. Assieds-toi.
— D'accord! Un peu de gnôle, d'abord!
— Ma gnôle, c'est du gin.

Anthime ricane et se met à tousser. Une goutte de sang coule de son nez. Il l'essuie avec le poignet et porte précipitamment à ses lèvres le flacon que Philippe lui tend :

— Tu me fais rigoler avec ton gin, dit-il. Les mots anglais, ça nourrit, ça rassure.

— Mais non, crétin! Je préfère le gin au marc; voilà tout.

Anthime regarde Philippe avec sympathie. On l'a traité d'idiot, ce matin. A présent, on le traite de crétin. D'ordinaire, les familiarités l'indisposent, mais il faut tenir compte, ici, des circonstances et du ton. En s'adressant à lui de cette manière, Philippe flatte son orgueil de sexagénaire. Entre eux, les différences d'âge sont abolies. On lui parle comme à un jeune homme. La véritable estime, le respect, c'est peut-être ça.

Philippe s'affaire autour des sacs, des cordes, des piolets et des mousquetons. Anthime voudrait l'aider mais il est incapable de se dresser; sa tête appuyée contre le rocher refuse de se tenir droite sans support; et puis l'esprit méthodique de Philippe lui fait un peu peur; il craindrait de dérégler cette belle machine dans un élan de solidarité. Il ne sait même plus où sont rangées ses propres affaires et ce qu'est devenu, par exemple, le pull noir qu'il avait emporté. Il se félicite d'avoir retrouvé son couteau et le tripote, le caresse d'un air hébété. Les objets ont une âme à force de s'user. Ce n'est pas une vue de l'esprit. Les technocrates n'ont rien compris. Aujourd'hui, les produits manufacturés ne s'usent plus. Du jour au lendemain, ils tombent en désuétude, enterrés par la mode; et les hommes finissent par leur ressembler; ils ne savent pas vieillir; les femmes surtout; à cinquante ans, elles s'habillent comme des écolières et tirent la langue en lisant des revues érotiques.

Anthime regarde Philippe s'agiter avec ordre, déballer les sacs de couchage, les boîtes, la nourriture. Son cœur se serre. Il a honte d'être assis, de jouer avec des idées gratuites, quand on se dépense pour lui. Mais comment réagir? Les images tournent autour de son visage et le ciel n'est pas droit. Un rayon de soleil traverse un nuage en forme de poisson. C'est le premier rayon de la journée. Il est roux, déjà mûr. Anthime aimerait cueillir une poire et la manger. Mais Philippe lui donne deux comprimés jaunes :

— Avale ou croque! Je te conseille de croquer.

— Qu'est-ce que c'est?

— Ne le demande pas! Tu as deviné.

— Merci. Tu es gentil, mais garde tes grigris.

— A ton aise! Je connais de grands alpinistes qui se sont tirés d'affaire, avec ça.

— Je ne suis pas un grand alpiniste. Donne-moi plutôt une sardine ou un pruneau.

Anthime a gardé les comprimés à la main. Il regrette de contrarier Philippe. Après tout, ces vitamines sont probablement inoffensives. Il faut savoir capituler, de temps à autre, pour faire plaisir. Les idées doivent céder le pas devant les sentiments :

— Vraiment, tu y crois, toi? demande-t-il.

— A quoi?

— Aux vitamines.

— Pour l'instant, oui. Tout est relatif.

— Je te croyais plus ferme dans tes convictions.

— Un peu borné, en somme.

— Dans une certaine mesure, oui.

Philippe rit :

— C'est toi qui es borné. Faire tant d'histoires pour deux malheureux comprimés.

— Ne t'énerve pas! Je les croque, là! Qu'est-ce que tu me donnes encore?

— Une sardine. Tu l'as demandée. Garde la boîte et ne perds pas une goutte d'huile. Contre le froid, il n'y a rien de tel.

Anthime s'aperçoit avec tristesse qu'il n'a plus faim. Les aliments tournent dans sa bouche, empâtent sa langue et l'écœurent. Cette conversation avec Philippe l'a épuisé.

Il est difficile d'adopter un ton badin quand le souffle vous manque. Mais comment faire? On ne peut tout de même pas gémir. Philippe, lui, dévore. Ses yeux brillent. Qu'il est jeune! La chance ne le quitte pas.

— Tu ne manges rien, remarque-t-il.

— Mais si. A mon âge, tu sais...

— A ton âge, c'est pareil. Rends-moi cette boîte de sardines. Je la finirai. Tu vas manger un morceau de gâteau.

— J'aurais préféré une poire.

— Je n'ai pas de poire. Tiens! Prends!

Il y a des grains de raisin dans le gâteau. La langue d'Anthime s'arrête sur chacun, les roule comme des cailloux. La pâte sucrée fond lentement, descend au fond de la gorge qu'elle contracte. Il fait trop chaud. Anthime, d'un coup sec, tire sur la fermeture Éclair de son anorak.

— Ce n'est pas le moment de te découvrir, dit Philippe. Le froid va tomber à moins dix; à moins quinze peut-être.

— Tu plaisantes? On étouffe. Reprends ton anorak! Je transpire.

— Parce que tu as la fièvre.

— C'est toi qui as la fièvre. Reprends ton anorak!

Anthime veut se débarrasser du vêtement mais Philippe se jette sur lui, le ceinture et remonte la fermeture Éclair :

— Obéis! dit-il. Fais comme moi! Ne cherche pas à comprendre!

Anthime ne répond pas. Sa nuque a porté contre la pierre. Il a perdu connaissance. Philippe lui donne de petites tapes sur les joues. Il ne s'affole pas mais ses doigts tremblent et sa vue se brouille un peu. Une rafale soulève sur son dos l'imperméable qui claque, tandis que le sac de montagne se renverse dans ses jambes. Anthime a les yeux clos. Une vapeur blanche s'échappe de ses narines pincées. Philippe s'empare du flacon de gin, en verse quelques gouttes sur les lèvres et sur les paupières d'Anthime qui secoue la tête et qui grogne :

— Tu ne pourrais pas me foutre la paix!

Une colère subite envahit Philippe. Il ne peut plus supporter ce visage anguleux et réprime une envie folle de l'écraser à coups de poing, à coups de tête. En voilà assez! L'épreuve a vraiment trop duré. Cet être complique les choses à plaisir. On se sacrifie pour lui. On n'a même pas le temps de manger. Il faut en finir :

— Et toi? crie-t-il. Et toi?

Anthime le regarde d'un air stupéfait. C'est la première fois que Philippe ne contrôle plus ses attitudes. Son menton tressaute comme un tampon. Ses yeux semblent frappés de paralysie animale; le regard d'Anthime s'arrête sur eux. Philippe détourne la tête. La fatigue brise les muscles de son cou. Il a froid. Anthime ricane.

— Ça t'amuse, dit Philippe doucement.
— Non! répond Anthime entre ses dents.

Philippe remet le reste du gâteau dans la boîte en plastique. Une seule chose l'intéresse à présent : se reposer le plus vite possible. Il déballe les sacs de couchage avec des gestes méticuleux. Celui d'Anthime est inutilisable. On s'y attendait, mais quelle déception, tout de même!

— Tu vas me rendre mon anorak, dit Philippe.
— Je ne demande pas mieux.
— Enfile-toi là-dedans!
— Mais c'est ton duvet.
— Le tien est trempé.
— Je veux le mien.
— Ne discute pas! Attends! Il faut enlever tes souliers et changer de chaussettes.

Anthime n'a plus la force de résister. Ses bras s'opposent mollement aux gestes de Philippe. Sa tête, à moitié renversée, cahote contre la pierre.

— Tu vas mettre cette chemise par-dessus ton pull, dit Philippe. Elle est très chaude.

Anthime ne répond pas. On dirait qu'il a perdu connaissance à nouveau. Pas le temps de vérifier! Philippe lui prend les mains et les passe, l'une après l'autre, dans les manches de la chemise. Il a l'impression d'habiller un enfant. Puis il remonte le sac de couchage sur le corps inerte, boucle soigneusement la fermeture Éclair et tire au maximum sur le lacet de la cagoule molletonnée. Le nez d'Anthime émerge de ce cocon comme un soc. Philippe palpe une dernière fois l'étoffe avec regret : c'est vraiment bien étudié, se dit-il. Son cœur est lourd. Décidément, le sacrifice ne rend personne heureux. Et cet ostrogoth qui méprise le confort va passer la nuit bien au chaud. Philippe tâte, à présent, le sac de couchage mouillé, crevé, sans cagoule et qui a perdu la moitié de son duvet. Ah! Ces idéologues! Impossible de rentrer là-dedans! On gèlerait tout cru. Il étale sur toute la surface du sac une nappe en papier pressurisé et s'allonge dessus. La température continue à baisser. Il va falloir s'arranger pour ne pas dormir trop longtemps. Il vaudrait mieux, même, ne pas dormir du tout. Heureusement qu'on a retrouvé son petit anorak. Sans lui, on ne se réveillerait pas.

Anthime reprend conscience lentement. Il ne sait plus très bien où il est, ce qu'il fait. On l'a attaché. Il faudrait remonter la visière de la casquette qui lui tombe sur le nez. Qu'est-ce que c'est que cette ficelle qui lui

coupe le visage en deux? Mais non! Il s'agit
de la cagoule. La casquette n'est plus sur la
tête. Philippe l'aura cachée n'importe où. Le
soleil se couche. Il est passé derrière la montagne, après avoir dissous un gros nuage. Une
poussière rouge flotte autour des pics, là-bas,
entre deux flocons d'or. Demain, il fera beau.
Un ciel léger toute la journée, léger pour les
poumons. Sous les côtes, la douleur sourde
a disparu. Ce sifflement que l'on entend,
c'est le vent du nord. Tout va bien. Le moteur
se rétablit. Demain, on tiendra le coup. Anthime n'ose pas remuer le petit doigt. Il ne
s'étonne pas d'être emmailloté, serré dans
l'étoffe moelleuse. Il ne veut pas chercher à
comprendre. Il est trop bien. Ni chaud, ni
froid. L'équilibre parfait. Hélas! une petite
idée commence à gratter derrière sa nuque, à
s'infiltrer, à cheminer dans sa tête : ce sac
de couchage n'est pas le sien. Et comme un
ver infecte un beau fruit, la petite idée a tôt
fait d'empoisonner le bonheur d'Anthime.
Que s'est-il passé? Et cette chemise, non
plus, n'est pas la sienne. On l'aura habillé,
couché, bordé. Quelle honte! Anthime, à présent, se souvient. Il dormait. Philippe lui parlait. Anthime l'entendait très bien. Il répondait en dormant : « Mais, c'est ton duvet. »
Ses intentions étaient fermes : s'opposer, s'opposer nettement. Philippe l'avait manœu-

vré comme un poupon... l'avait déchaussé. Déchaussé! Anthime avait oublié ce détail. Que faire à présent? Le moyen de se réhabiliter?

— Philippe! dit-il.
— Oui.
— Comment es-tu installé?
— Sur le côté droit.
— Ne plaisante pas! Ce n'est pas juste.
— Qu'est-ce qui n'est pas juste?
— Tu as profité de la situation. Je ne suis pas si lâche.
— Je sais.
— Tu vas reprendre ton sac de couchage.
— Tu as trop d'amour-propre.
— Il ne s'agit pas d'amour-propre. Nous devons être à égalité. C'est toi qui l'as dit.
— Laisse tomber les mots!
— Non! Tu t'arranges toujours pour avoir le beau rôle. On dirait que c'est moi qui crée les difficultés, qui te complique la vie. Je n'ai pas demandé à être accompagné. En me suivant, tu savais ce qui t'attendait.

Philippe se dresse sur son lit de fortune. Ses paupières clignotent dans l'air glacé. Quand pourra-t-on dormir enfin, ne plus discuter, oublier tout, s'anéantir au milieu des pierres? Anthime a déjà commencé à dégrafer la fermeture Éclair du sac de couchage. Philippe l'arrête d'un geste précis :

— Une minute! Écoute-moi! Je n'ai rien d'un philanthrope. Tout est calculé, chez moi. En te donnant mon duvet, je ne me sacrifie pas. J'organise. Sinon, tu n'as aucune chance de t'en tirer. Avec tes côtes cassées, congestion pulmonaire. C'est automatique. Moi, je ne suis pas blessé et j'ai vingt ans de moins. Si tu veux respecter l'égalité, il faut que les avantages s'équilibrent.

— Mais ce n'est pas une raison. Le duvet est à toi.

— Nous avons décidé de faire cette course ensemble... d'aller jusqu'au bout. Sans toi, je n'ai pas envie de continuer. Je n'ai pas envie de descendre non plus.

— Mais pourquoi?

— Je ne sais pas, Je n'y comprends rien. C'est comme ça.

Philippe chancelle sous une rafale de vent. Ses dents s'entrechoquent. Il ajoute sur un ton précipité :

— Il faut que tu reprennes des forces pour marcher demain. Nous devons aller au sommet. Le reste ne compte pas.

Anthime secoue la tête sans répondre.

— Je croyais que tu avais confiance en moi, reprend Philippe d'une voix altérée. Tu ne devrais pas mettre ma parole en doute. Je n'ai aucune intention de jouer les terre-neuve ou de me sacrifier. Je te le jure.

— Enfin, tu vois bien que je suis foutu.
— Tu sais très bien que non. Écoute...

Philippe hésite, respire avec bruit. Dans sa gorge, l'air se fige. Il voudrait tourner le dos à Anthime, trouver un prétexte pour arrêter la conversation. Des mots inconnus se pressent sur ses lèvres qui n'arrivent pas à s'ouvrir. Et soudain :

— C'est moi qui ai besoin de toi. Ne dis rien!

Anthime ne dit rien. Ses yeux se dilatent dans la nuit. Un sourire relève lentement les coins de sa bouche.

V

Ces feuilles métalliques n'en finissent pas de frétiller, de clapoter sur les jambes. Philippe s'impatiente et s'étonne de traverser tant de fourrés sans en sortir. Il est pressé d'arriver de l'autre côté du ravin où tout le monde l'attend; tout le monde, c'est-à-dire son père, sa mère et le sous-préfet. Il doit se justifier publiquement. Le sous-préfet l'interrogera sur une question de droit civil tenue secrète et dont son avenir dépend. Son père et sa mère feront partie du jury. Les examinateurs se présenteront en tenue d'escalade, avec une corde et des pitons. Philippe a peur d'arriver en retard. Il veut courir, mais les branches entravent ses pas; les feuilles tombent dans sa bouche. Il secoue la tête, se débat, ouvre les yeux... sur des points brillants : les étoiles; elles piquent à cause du vent qui les excite. Le froid est devenu intolérable. L'imperméable qu'on avait

enroulé autour des jambes s'est dénoué. C'est
lui qui clapotait, tout à l'heure, comme une
voile molle. Il était temps de se réveiller,
sinon... Philippe bâille et s'aperçoit que sa
bouche ne s'ouvre presque pas. Tous les
muscles, au-dessous du nez, sont raides, incapables d'obéir immédiatement. La peau car-
tonnée est pratiquement insensible; les lèvres,
dures et gonflées. Dans les poils de la moustache, on trouve de petits cristaux de glace
qui agacent les narines. Il va falloir s'occuper de tout ça. Mais d'abord, les pieds! Philippe s'assied, enlève l'imperméable et ramène
ses jambes le plus près possible du menton.
Il frotte ses genoux avec ses mains gantées
et essaie de remuer les orteils, à l'intérieur
des souliers. Les orteils ne répondent pas. Il
faut se déchausser. Philippe ôte ses gants
mais les doigts saisis par le froid tâtonnent
sur les lacets, se blessent aux crochets. Il
réussit à enlever un soulier; puis l'autre, au
prix d'efforts exténuants. A présent, le révulsif! Philippe a de l'ordre, heureusement. Il
trouve, tout de suite, le tube de pommade
dans la poche du sac réservée à la pharmacie.
Impossible de savoir si les pieds sont froids.
Les mains qui les touchent sont incapables
de sentir quoi que ce soit. Mais Philippe sait
que les mains ne gèlent pas — les siennes,
en tout cas — tandis qu'il faut toujours sur-

veiller les pieds. Philippe étale la pommade révulsive sur les orteils et frotte. Rien! Pas le moindre picotement! Impossible de remuer les phalanges, en même temps. Le plus expéditif serait de cogner dessus avec une pierre. En attendant, il faut continuer à frotter, éplucher, raboter cette pièce de bois. Les doigts commencent à se réchauffer, à transmettre des sensations; mais les orteils ne répondent toujours pas. Philippe les claque à toute volée, leur donne des coups de poing. Il faut remettre les chaussettes. Sous la laine, le révulsif agira. Philippe pense à réveiller Anthime. On tient très bien, à deux, dans un sac de couchage. Mais non! Anthime, avec ses côtes cassées, respirerait mal. Une seule solution : fabriquer un pied d'éléphant. Philippe se lève et, sans cesser de danser, de sautiller, de battre la semelle, vide le sac de montagne et le bourre de toutes les étoffes, de tous les papiers qui lui tombent sous la main : foulard, maillots de corps, serviettes; quatre journaux, chiffonnés feuille à feuille, sans être serrés; puis il met les pieds au milieu, ferme bien le sac autour de ses mollets et remet l'imperméable sur ses jambes en attachant les manches autour des reins. Maintenant qu'on est allongé, il s'agit de ne plus se laisser gagner par le sommeil. Le meilleur moyen, c'est encore de frotter son nez pour l'empêcher de geler et de remuer les orteils à l'intérieur du sac. Voyons! Quelle heure est-il donc? Une heure et quart. Ce n'est pas possible. On aura dormi plus de cinq heures. Quelle imprudence! Il faudra bientôt s'occuper d'Anthime, le réveiller. Pas tout de suite! Pour l'instant, il s'agit de penser à soi. On dirait que les orteils remuent un peu. C'est bon, ça! Et cette impression de brûlure au niveau des chevilles? Encore meilleur! Avant tout, respirer avec méthode, comme s'il faisait chaud. Ne plus s'occuper du nez et battre l'air régulièrement avec les bras. Voilà! Cet homme allongé sur un replat de trois mètres carrés, au-dessus d'un précipice vertigineux, qui fait sa petite gymnastique sous les étoiles, à près de quatre mille mètres d'altitude et par moins quinze ou moins vingt degrés, intriguerait plus d'un journaliste; mais la photo, probablement, ne donnerait rien. Tiens! On dirait que les chaussettes prennent feu. De fines aiguilles traversent la peau. Quel plaisir de souffrir dans ces conditions! Philippe est tout heureux. Il avait si peur, il y a dix minutes, de finir son existence avec des chaussures orthopédiques. Anthime peut grogner, trépigner, s'emporter jusqu'à l'attaque d'apoplexie; le progrès technique est une belle chose. Ce révulsif, par exemple, si pratique à administrer dans son tube d'aluminium souple! Évidemment, il y a toujours des bergers à moitié gâteux pour préférer la graisse de marmotte et le pot de terre.

Les étoiles sont trop brillantes, trop précises au gré de Philippe. Chacune veut attirer l'attention sur elle. On ne sait par où commencer, comme en automne, il y a plus de trente ans, quand les champignons comestibles poussaient en quantité. Philippe aurait voulu choisir les plus gros. Sa mère prétendait au contraire qu'il ne fallait cueillir que les plus petits, les gros étant moins savoureux, et Philippe se sentait partagé, déchiré entre la méthode et l'avidité... A présent, les orteils sont bien chauds. En remuant, à l'intérieur du soulier, ils font craquer les journaux entassés dans le sac de montagne. Rien n'est plus excitant qu'un feu qui reprend. On aimerait souffler dessus. Philippe a gagné son pari. Il croise les bras sur sa poitrine et pousse un soupir de triomphe. Un détail lui revient en mémoire : son père, examinateur, tenant une corde et des pitons à la main. Les gens qui interprètent les rêves ont certainement beaucoup de temps à perdre; plus exactement, cet exercice leur donne l'occasion de se justifier; le désordre et l'illogisme étant pris en considération. On se penche sur de petits phénomènes absurdes avec beaucoup de gravité; et la littérature s'en mêle : lucidité cahotique, état second... tous les mythes de l'insignifiance. Heureusement, la science est là pour donner un coup de balai. Philippe aimerait, par des raisonnements salubres, chasser de son esprit cette image grotesque : M. Costa père tenant une corde et des pitons à la main. Mais le bon sens n'a pas le dernier mot. M. Jean-Luc Costa, avec sa fine moustache et ses yeux de furet, ne cède pas un pouce de terrain. Philippe n'a jamais eu beaucoup d'estime pour son père. Jean-Luc Costa n'avait pas la notion du temps ni celle de l'ordre. Il vivait à l'écart des soucis mesquins et ne s'embarrassait jamais de responsabilités matérielles. Pour toute question pratique ou sérieuse, on ne pouvait guère compter sur lui. En revanche, il se révélait dans les entreprises inutiles, déployant des trésors d'intelligence et d'énergie. Éparpiller, dépenser sans profit semblait sa raison d'être. Il accumulait dans sa cave un nombre incalculable d'objets encombrants et d'appareils hors d'usage et tenait ses tonneaux et ses bouteilles chez le voisin. Un beau jour, il découvrit la taxidermie. Tous les oiseaux tués à coups de fronde par les gamins ou trouvés morts dans les champs étaient naturalisés. Il travaillait avec acharnement jusqu'au milieu de la nuit, empaillait aussi de petits mammifères, embaumait des reptiles, tannait des peaux qu'il accrochait aux murs et cet étalage de romanichel répandait une odeur musquée qui faisait le désespoir de Madeleine, sa femme. Madeleine était fille unique. Son père, antiquaire d'origine suisse, lui avait laissé en mourant une fortune assez considérable; mais le capital s'épuisait. Jean-Luc n'avait jamais besoin d'argent mais ses moindres déplacements étaient jalonnés de factures et de traites impayées. Le crédit lui paraissait un acte naturel : la respiration d'une société policée. Il avait, en outre et par malheur, le sens de l'honneur et du devoir. Au lieu de vivre aux crochets de sa femme bien simplement, il tenait à prendre sa part de soucis et d'initiatives dans la gérance de l'hôtel; les initiatives l'emportant sur les soucis, bien entendu. Ainsi, par exemple, il avait imaginé de décorer les chambres réservées aux clients avec des animaux empaillés dont certains occupaient une place énorme et perdaient, au moindre courant d'air, leurs plumes ou leurs poils; ou bien il décidait de créer une salle de jeux et se ruinait en accessoires coûteux : tric-trac, passe-boules, billard, ping-pong. Il faisait démolir une cloison pour installer un monte-plats qui servait ensuite d'ascenseur aux gamins de la femme de chambre. Madeleine n'osait pas le contrarier de front. Elle l'aimait. Un sentiment profond unissait ces deux êtres séparés en surface par le bon sens. Philippe ne s'en était jamais douté. Voyant sa mère pleurer devant des factures, il la jugeait malheureuse, quand elle se réveillait, le lendemain matin, confiante et repue, la tête posée sur l'épaule de son cher mari qui dormait comme un chérubin. La mort brutale de Jean-Luc, survenue en moto — une moto qu'il avait achetée à tempérament sans avoir pris le temps d'apprendre à conduire — aurait dû normalement dessiller les yeux de Philippe. Le chagrin de Madeleine était si fort, si total. Mais la mort de Jean-Luc coïncidait avec la découverte d'un imposant paquet de factures enfoui sous une pile de dictionnaires et avec une autre découverte plus effarante encore : l'hôtel était hypothéqué. On pouvait supposer que ces deux catastrophes entraient pour une part active dans l'état de prostration de Mme Costa. Philippe, de son côté, se trouvait distrait dans sa douleur filiale par des considérations d'ordre économique. Il ne s'agissait pas de se morfondre sur une chaise mais d'agir. Philippe avait dix-neuf ans. Il préparait sa licence en droit. Il avait décidé d'abandonner ses études et de se consacrer, désormais, aux affaires de l'hôtel, s'était jeté à corps perdu dans les registres et dans les factures, avait demandé à sa mère un mandat pour réaliser des valeurs et des bijoux dont elle n'avait cure et avait finalement réussi à lever l'hypothèque. Un grand changement s'était opéré en lui. L'étudiant était mort. Finie, la connaissance théorique : Philippe avait pris conscience de son pouvoir sur les êtres et sur les choses. Il suffisait d'exercer sans cesse sa volonté comme un muscle prédestiné. Établir un programme et le réaliser; choisir une méthode et s'y tenir; fixer une date et la respecter. Quelle ivresse de mettre un système en marche et de le sentir avancer! Tous ces rouages qu'on avait conçus finissaient par obéir. Philippe croyait ressembler à son grand-père Angelo Costa, bûcheron piémontais, venu en France pour faire fortune et mort à vingt-sept ans, après avoir réalisé une partie de ses projets. Cette ténacité, cet empire sur soi, cette capacité d'adaptation aux circonstances et aux climats, Philippe pensait les détenir de cet Angelo qu'il n'avait pas connu : « Le réalisme est mon violon, disait-il. J'ai la chance d'avoir des ancêtres paysans. »

Une étoile isolée tremble à la surface du ciel, lutte contre le vent qui veut l'éteindre, s'obstine comme le regard de Jean-Luc. Un regard plein d'indulgence narquoise et de bonté. Philippe se souvient de l'attitude des voisins, le jour de l'enterrement. Tous versaient des larmes sincères. Un autre souvenir le surprend : son père est assis près de sa mère; ils se donnent la main et rient longuement, à petites gorgées, les yeux dans les yeux. Un autre souvenir à présent : un voisin est venu chercher son père pour un service anodin : « Venez, monsieur Costa! On a besoin de vous », et le visage de M. Costa s'est illuminé. Philippe porte la main à son cœur. Il y a quelque chose de significatif là-dessous. Mais quoi? Besoin de vous. Besoin de toi. « J'ai besoin de toi. » C'était donc ça. Et le visage d'Anthime tombe comme une carte sur celui de Jean-Luc Costa. Philippe se révolte à cette idée : deux hommes si différents! Il faut éviter de faire des rapprochements délirants et de chercher la vérité dans des tunnels. Un cachet d'aspirine et tout va rentrer dans l'ordre. Mais Philippe ne se décide pas à prendre le tube d'aspirine dans la poche droite du sac de montagne. Il sait pertinemment qu'il n'a pas la fièvre et cette enquête dans les tunnels le concerne. Tout le monde aimait Jean-Luc Costa. Anthime Bresson n'a pas d'amis. Pourtant, dans le village, beaucoup de gens sont contents de parler de lui, de le rencontrer et de le saluer, même quand il ne répond pas à leur salut. Chacun s'inquiète de ses moindres actions.

Tout se passe finalement comme si on avait beaucoup d'affection pour lui. Il y a cinq ans, quand Philippe n'était pas encore installé dans le pays, Anthime avait ouvert, dans la salle de la mairie, une sorte de musée des traditions populaires. Aujourd'hui, le musée est relégué dans un appentis. De temps à autre, quelqu'un y fait allusion sur un ton railleur. Les paysans évolués ricanent; mais Philippe sent qu'on s'y intéresse encore. Il n'aurait qu'un mot à dire et les herminettes, les rouets, les quenouilles et les raquettes reprendraient leur place dans la salle du Conseil, sous la statue de la République. Mais Philippe s'y refusera toujours. Il s'agit d'un principe. On ne revient pas en arrière. Trop de projets salutaires, trop de réformes indispensables ont avorté dans le vent de ces manifestations nostalgiques. Il y a cinq ans, les habitants de Sainte-Rose coupaient encore leur foin à la faux et leur seigle à la faucille. Aujourd'hui, le motoculteur est roi. L'hiver, les garçons, au lieu de végéter dans les cuisines enfumées, la bouteille de marc à portée de la main, surveillent les monte-pentes, dament les pistes, louent des skis, donnent des leçons aux débutants, gagnent confortablement leur existence au grand air. Bien sûr, un motoculteur, ce n'est pas joli. Un pylône d'acier n'aura jamais la grâce d'un mélèze; mais il existe une laideur tonique, une violence un peu grossière indispensable à la vie. Pour un jeune homme plein de force, impatient de se lancer sur les champs de neige, la machine qui doit le porter au sommet est belle; la musique du câble qui s'enroule répond au rythme de ses désirs. Et tous ces vieux maniaques, tous ces antiquaires qui bibelotent entre deux grains de poussière n'y peuvent rien. Jean-Luc Costa, Anthime Bresson, je vous aime bien, songe Philippe, mais je ne veux plus entendre parler de vos herminettes ni de vos lézards embaumés.

Le vent soulève un coin de l'imperméable et Philippe frissonne. Il serait temps de croquer quelques vitamines et de boire un petit coup de gin. On va partager avec Anthime. Il dort, l'animal, dans sa chrysalide. On ne l'entend pas respirer. Ces gens qui ne ronflent pas finissent toujours par vous inquiéter.

— Anthime!

Pas de réponse. Philippe donne un coup de poing dans la masse molletonnée :

— Anthime!

Le vent s'engouffre en mugissant dans une faille, puis chuchote à l'intérieur de la pierre. Philippe se dresse sur les fesses; ses deux pieds enfermés dans le sac ne lui permettent pas de se lever :

— Anthime!

Il tire sur la cagoule à deux mains, passe les doigts sur le nez qui dépasse. On entend comme un râle.

— Anthime!

Le râle se précise, devient un grognement. Philippe retrouve une partie de son calme :

— Alors, mon vieux! On se noie.

Le noyé jette les bras en avant, les ramène sur son visage et secoue la tête :

— Pas moyen de..., souffle-t-il.
— Pas moyen de quoi?
— Quelle heure est-il?
— Une heure et demie. Tu as dormi près de six heures d'affilée. C'est immoral.

Anthime ouvre la bouche et fait la grimace. On sent qu'il a de la peine à respirer. Ses yeux sont toujours fermés.

— Tu as mal? demande Philippe.
— Non!
— On va casser la croûte. Ça te dit?
— Oui!

A la bonne heure! pense Philippe. Mais la voix d'Anthime est brisée, presque inaudible. Philippe se défend d'avoir de tristes pressentiments. Il dévisse le bouchon du flacon de gin et pose le goulot sur les lèvres d'Anthime :

— Relève un peu la tête! dit-il.

Anthime avale une petite gorgée, tousse et porte la main à sa poitrine. Ses paupières clignotent.

— Ça va? demande Philippe.

— Ça va.

— Il faut te réveiller tout à fait. Ce n'est pas bon de dormir. Avec ce froid!

— Tu trouves qu'il fait froid?

— Tiens! Avale ça!

Anthime se frotte les yeux, les ouvre, regarde Philippe et sourit :

— Encore des vitamines, dit-il. Je vais me régaler.

La nuit est si limpide qu'un quartier de lune suffit à éclairer le rocher. On distingue très bien les objets sur la plate-forme granitique, les flaques de neige, les aiguilles de glace et la ligne des cimes à l'horizon découpée dans une soie bleue. Philippe a très bien vu le sourire d'Anthime. Il éprouve, soudain, beaucoup d'amitié pour cet homme, un sentiment de fraternité qu'il n'avait jamais soupçonné, n'avait jamais ressenti et dont la puissance le trouble :

— Vieux cinglé! dit-il.

Anthime reprend lentement ses esprits. Pour renaître, il doit traverser des épaisseurs de sciure et de carton; mais il sent confusément qu'il a beaucoup de choses à penser. Son crâne est enfermé dans un étau qu'il s'agit de desserrer. Seul, il n'y parviendrait pas et fermerait les paupières; mais Philippe est là. C'est une chose étrange de n'être pas seul. On ferait des miracles.

— Comment te sens-tu? demande Philippe.
— Bien.
— Essaie de remuer les pieds! Les orteils!
— Ça fonctionne.
— Prends ça! Ne fais pas le dégoûté! C'est du chocolat au miel.
— Je ne fais pas le dégoûté.

Anthime a beaucoup de difficultés à mâcher; sa langue est raide et gonflée. On dirait que sa gorge est pleine de sable; mais le chocolat fond tout de même et son âcreté douceâtre rajeunit Anthime de cinquante-cinq ans. Il est assis sur une chaise cannée, en face de sa mère qui lit, dans le jardin de la villa de Saint-Eutrope, près d'Aix-en-Provence. C'est l'heure du goûter. A chaque bouchée, on réfléchit et on agite les pieds en cadence : le moteur. Les enfants rêvent de commander aux machines, de conduire une locomotive, une fusée. Ils se délectent au bruit des force bêtes. Les nations jeunes ont les mêmes goûts. A cinq ans, Anthime est un petit garçon turbulent. Quand on a le dos tourné, il monte sur les tables et se pend aux branches des arbres. Pourtant, il est tranquille en ce moment. Il est tranquille parce que sa mère l'ignore. Ce mystère l'impressionne. La jeune femme tourne les pages du livre avec une lenteur qui cache quelque chose. Elle sourit parfois. Anthime s'attend à une surprise, mais la surprise ne vient pas.

— Tu as l'air d'avoir retrouvé ton appétit, dit Philippe. C'est bon signe.

— Peut-être.

— Nous ne sommes pas très loin du sommet, tu sais.

— Je sais. Il reste le plus dur.

— Pas exactement.

— Si je ne peux plus me traîner, il faudra me laisser.

— Entendu.

— Donne-moi ta parole!

— Non! Je ferai ce qui me plaît. Voilà tout.

Philippe a parlé d'une voix rude, sur un ton presque furieux. L'émotion le rendrait méchant.

— Alors, répond Anthime entre ses dents, je m'arrangerai autrement.

— C'est ça. Chacun s'arrangera. Dimanche prochain, tu devrais venir chez moi. On ferait un gueuleton à tout casser. Nous serons trois, avec Suzanne. Mais tu n'aimes pas les gueuletons.

— Ça dépend. Parfois, j'ai une envie folle d'en faire un vrai.

— On en fera un vrai; tu verras. Avec des vins pas comme les autres. On mettra de grosses bûches dans la cheminée.

— Je croyais qu'il y avait le chauffage central, chez toi.

— Bien sûr, mais on l'éteindra pour te faire plaisir. Suzanne adore ça.

— Et Laurence?

— Elle sera couchée.

— Pas tout de suite. Je lui porterai quelque chose : un bouvreuil qu'un imbécile a tué et que j'ai empaillé.

— Tu empailles les oiseaux, toi?

— Oui, pourquoi?

Philippe ne répond pas. Il pense à son père. Jean-Luc Costa aimait les fêtes, les anniversaires, aurait voulu marquer chaque repas d'une surprise. Inviter un ami, l'accueillir lui semblait un acte capital. Une joie expansive s'emparait de sa personne, imprimait à ses gestes une impatience d'enfant. Philippe, à présent, se souvient : cette joie était contagieuse. Tout le monde, autour de Jean-Luc, se sentait jeune, avait envie de rire sans raison, avait besoin de lever son verre et de parler beaucoup. Tout le monde sauf, peut-être, lui, Philippe. Pourquoi? C'est bizarre, ça? Mais non! C'est très compréhensible. L'exubérance est un refuge, une sorte de narcotique et Philippe s'en passe très bien. Il s'est toujours un peu méfié de la chaleur communicative, lui préférant le flegme et la lucidité. Après une réunion d'affaires, quand il s'agit de détendre l'atmosphère, Philippe ne recule devant aucune plaisanterie grivoise, mais ce talent de société fait partie du métier. Sous les rires gras, le cœur reste froid. Il arrive, parfois, que le vin brille d'une manière inaccoutumée. Les doigts se referment sur le verre. On sent quelque chose en soi de gaspillé et l'on aimerait se trouver ailleurs, en compagnie de vrais amis. Mais où sont-ils les vrais amis? Sur le carnet d'adresses, plus de trois cents noms. Trois cents visages connus. Sourires de sympathie. Pas d'offenses. Pas d'ennemis. Discrétion. Doigté. Philippe se félicite de cette victoire diplomatique mais un sentiment de tristesse l'envahit : en famille aussi, pas une fausse note. Suzanne était impulsive, autrefois, fantasque, avec des partis pris passionnés. Après six mois de mariage, on ne la reconnaissait plus : douce, épanouie, mesurée dans ses gestes. Philippe, aujourd'hui, le regrette un peu. Ce triomphe du mâle et de l'équilibre lui fait de l'ombre. Après tout, c'est joli, c'est attendrissant un caprice de femme, une petite lubie. A vingt-trois ans, Philippe était sans doute trop mûr. Un mari trop parfait. Toujours de belle humeur. Inattaquable aux acides. Et si bien organisé que les sentiments n'avaient pas l'air d'être empesés. Un emploi du temps si parfaitement conçu que l'harmonie se trouvait prise dans le ménage et n'en pouvait sortir. L'autorité, la volonté personnelle s'imposaient par la seule vertu du calme et de la présence. Un éclair traversait parfois le regard de Suzanne, comme un mouvement de révolte, comme un saut en arrière; mais il suffisait de lui prendre la main, de sourire et tout rentrait dans l'ordre. Après la naissance de Laurence, elle était devenue très nerveuse. Il avait fallu s'intéresser à elle, provoquer des confidences, se montrer tendre avec plus d'attention au moment, précisément, où l'on se sentait attiré par l'enfant. Laurence n'était pas une petite fille comme les autres. Ni gracieuse. Ni jolie. Belle seulement, avec une expression de gravité naturelle. Philippe aurait pu négliger son travail pour elle, jeter au feu tous les emplois du temps, mais Suzanne était là comme témoin et le sentiment du ridicule et de la mesure l'avait retenu.

Philippe a beaucoup de peine à tenir les paupières ouvertes. Le vent les couche comme de l'herbe sur les yeux glacés. A chaque battement de cils, une dizaine d'étoiles se rapprochent; d'autres s'éloignent et se serrent dans l'air qui coupe. Le froid est vraiment exceptionnel. Peut-être moins vingt; moins vingt-cinq. Un record pour le 7 juin. Philippe regrette de ne pas avoir emporté de thermomètre et ce regret l'étonne, l'amuse. Il y a des objets plus indispensables. Voilà que je deviens aussi loufoque qu'Anthime, se dit-il. Je me soucie de l'accessoire quand l'essentiel me fait défaut. Encore heureux de n'avoir pas laissé le sac de couchage au refuge. Quand je me suis mis en route, vendredi matin, je n'en avais pas besoin. Ne devais-je pas être rentré à midi? Il est deux heures moins cinq. Dimanche. Deux heures moins cinq. C'est effarant.

Philippe essaie de rassembler ses souvenirs avec ordre : il montait dans les traces d'Anthime sur le névé craquelé; mais les traces ne l'intéressaient pas. Il s'agissait d'atteindre le but assigné : premier tiers du couloir, reconnaissance, étude du terrain. Et voilà qu'on touchait au but. Que s'était-il passé ensuite? Rien. Absolument rien. Aucune question ne s'était posée. Aucune décision n'avait été débattue. On avait continué... comme dans les jeux d'enfant. Un geste en appelle un autre, sans réflexion, sans sentiment. Philippe se moquait bien du sort d'Anthime à ce moment-là. Pouvait-il délibérément s'engager dans une course improvisée? A jouer les terre-neuve, il fallait une équipe, un programme, un minimum de publicité. Alors, pourquoi cette crise d'inconscience subite? A quel motif occulte avait-il obéi? Quelle explication donner? Philippe n'en trouve pas. En forçant sa mémoire, il ne rencontre qu'une image bête : les marches taillées dans la glace par Anthime. On les avait suivies. On avait, peut-être, obéi à un signe.

— Anthime, tu dors?
— Non!
— Alors, dis quelque chose!
— Que veux-tu que je te dise?
— Je ne sais pas, moi. Les sujets ne manquent pas. Tiens! Parle-moi du progrès technique!
— Tu es saoul, mon pauvre vieux!

Philippe éclate de rire :

— Il faut se réchauffer. C'est un bon moyen.

Anthime a envie de rire aussi. Il devrait pourtant se fâcher; car enfin, on se moque de ses idées.

— Tu m'embêtes, dit-il. J'ai sommeil.

Il n'a pas vraiment sommeil, mais parler le fatigue. En revanche, il écouterait volontiers Philippe, mais Philippe, à présent, se tait. Qu'il est difficile de s'entendre, quand on a de la pudeur! Anthime aimerait remercier Philippe de son invitation. Il rêve à ce gueuleton de dimanche prochain, voit des flammes dans la cheminée, et le bruit des bouteilles que l'on débouche fait trembler ses lèvres tuméfiées. A-t-il faim, seulement? A-t-il soif? Même pas. Il serait incapable, à lui seul, de venir à bout d'une caille ou d'une chopine. Mais l'image! Mais l'idée! Il y a si longtemps qu'il n'a pas été invité, qu'il n'a pas connu « la chaleur du foyer ». Il mettra le costume noir qui n'est pas mité et portera des gants de peau. Non! Pas de chapeau! Difficile de se présenter, un bouvreuil à la main. Bah! Suzanne n'est pas snob. Une femme intéressante, au regard instable. Et Laurence? Là, c'est une autre question.

Il y a cinq ans, Anthime était très ami avec Laurence. La petite avait un visage drôle aux traits asymétriques. Elle devenait belle, au moment d'écouter. C'était une chose surprenante, chez une enfant de sept ans, que cette capacité d'attention. Ses yeux clairs, aux prunelles dilatées, s'arrêtaient sur l'interlocuteur et ne le lâchaient plus. Anthime l'avait tout de suite aimée. Au lieu de jouer avec elle, il lui avait parlé des marmottes et des perdrix blanches sur un ton sérieux. Il avait regretté ensuite, après sa brouille avec Philippe, de ne plus la revoir. Elle ne sortait presque jamais. Quand il la rencontrait, par hasard, dans la rue, il lui faisait un petit signe de tête. Elle répondait de la même façon. Ni l'un, ni l'autre ne souriait. A présent, elle est grande, mince et donne, en marchant, l'impression de ne voir personne. On prétend qu'elle n'est pas normale. En tout cas, elle ne va pas à l'école. Est-ce une preuve suffisante?

Anthime respire maintenant la bouche ouverte. L'air n'arrive pas au bout du poumon droit qui semble écrasé par un colis. Il faut tâcher de ne pas dormir, sinon le corps s'habitue à la paresse. Les étoiles ne dansent pas, mais se mêlent à des images pensées. Par exemple, il y a un instant, on les voyait au sommet des bouteilles ou sur la tête de Laurence. Anthime rêve encore à la soirée de dimanche : des étiquettes couvertes de poussière, des flacons à col de cygne. Tant pis si l'on dit des bêtises, ensuite! On ne saurait être heureux sans dire quelques bêtises. Au fond, l'intelligence est une substance froide... Il revoit Nathalie, toute jeune, avant son mariage. Elle détestait les garçons, paraît-il, et prétendait se passer d'eux; et puis, un matin... Anthime est très malheureux, soudain. Il vient d'apercevoir Nathalie, sous une branche. Elle s'avance. Sa robe s'accroche à un chardon. Il retrouve sa propre émotion exacte, intacte : ce visage lisse à la bouche brillante, ce corsage qui bouge. Anthime ferme les yeux. Il a mal. Nathalie est toute ridée. La reverra-t-il, seulement? La reverra-t-il? On pourrait effacer les rides avec des gestes délicats. Il suffirait, comme Laurence, de savoir regarder, de s'en tenir aux yeux. Les yeux de Nathalie sont gris, avec des paillettes. Que fait-elle en ce moment? Elle dort, avec un seul drap. Le 9 juin, à Cannes, il ne fait pas froid.

Les étoiles ressemblent aux reflets des bougies dans les verres. Nathalie aimait la lumière des bougies. Cela faisait partie d'une poésie systématique : voyages de noces. Et lui, Anthime, s'illusionnait à force d'amour : « C'est une fille extraordinaire; elle comprend tout; sa sensibilité ne connaît aucun écran. » Ensemble, ils collectionnaient des plantes, des cailloux, achetaient des statuettes grecques. Ils visitaient des villes que les touristes ignoraient, des villages, surtout, dont personne n'avait jamais parlé, s'arrêtaient longtemps au bord des fontaines. Anthime voulait toujours « goûter l'eau ». « C'est important, disait-il. La civilisation est partie de là. » Nathalie goûtait à son tour. Parfois, elle s'écriait en montrant la terrasse d'un café : « Tiens! On pourrait s'asseoir là. Je trouve le cadre amusant avec ces chaises rococo »; mais Anthime ne trouvait pas le cadre amusant : « Si tu veux, répondait-il, mais il me semble qu'on serait aussi bien sur ce banc de pierre. » Nathalie ne se révoltait pas, ne s'impatientait même pas contre ce jansénisme esthétique. Anthime, au milieu de ses excès, exerçait un pouvoir de fascination. Il était si sincère, si entier. Sa vitalité ne demandait qu'un prétexte pour jaillir, se répandre et s'imposer. Un geste, une parole semblaient répondre, chez lui, à une conviction idéale. Et puis, Nathalie l'aimait; en acceptant de partager sa vie avec lui, elle n'était pas absolument innocente des épreuves qui l'attendaient; elle sentait confusément que des obstacles se lèveraient un jour prochain et ne croyait guère à la paix, au repos définitif du ménage. Impossible en effet de modeler cet homme. Il fallait s'adapter à lui. Elle avait fait d'énormes concessions; par exemple à propos du mobilier. Anthime ne supportait que le Louis XIII rustique. Tout le monde avait mal aux fesses sur ces sièges durs, aux dossiers raides, car Anthime ne voulait pas, non plus, de coussins : « La beauté ne s'harmonise pas avec la mollesse », répétait-il à l'intention des visiteurs qui, bien entendu, ne le contredisaient pas, mais échangeaient des coups d'œil entre eux. En matière de cuisine, on ne connaissait que des poêlons de terre où les aliments s'attachaient en fumant. Le Frigidaire avait été relégué à la cave, car Anthime jugeait « indécente » sa blancheur émaillée. Pas de réchaud à gaz, non plus, mais une vieille cuisinière à bois qui tenait de la cheminée prussienne et de la forge de serrurier. Puis, un beau jour, Nathalie s'était lassée. Il s'agissait précisément de bougies. Anthime prétendait qu'on pouvait très bien se passer d'électricité : « Il suffit de commencer, ma chérie; tu verras; on s'habituera très bien. Souviens-toi de Gandhi! » Nathalie était enceinte. Au lieu de songer à Gandhi, elle s'était inquiétée de son enfant. Aurait-il un père normal? Et voilà qu'Anthime, instruit par on ne sait quelle télépathie maligne, avait choisi ce moment précis pour lui parler de l'enfant : « Je ne veux pas que notre petit garçon ouvre les yeux sur une lumière artificielle. Je veux qu'il naisse à l'harmonie des nuances. » Nathalie n'avait pas discuté. Elle avait seulement répondu : « Il faudrait, d'abord, le consulter »; mais son regard était froid, sa voix presque dure et ses lèvres tremblaient. Cette réaction avait si profondément surpris Anthime qu'il n'avait pas ajouté un mot. Au château de ses illusions, une brèche venait de s'ouvrir. Rien, désormais, ne pourrait la combler.

Anthime ferme les yeux. Deux étoiles restent prises entre les paupières et la cornée ou bien c'est un peu de givre. Elles tombent, chacune, sur un marronnier qu'Anthime connaît bien. Les deux arbres montent, s'étalent au-dessus d'un petit bassin. Des feuilles flottent sur l'eau noire. Une porte s'ouvre au fond du jardin. Une jeune femme apparaît, accompagnée d'un homme coiffé d'un panama. La jeune femme enlève Anthime comme une plume, l'embrasse, l'appelle : « trésor », « petit rat » et le balance au-dessus des marguerites. L'homme ôte son panama, tire une chaise à l'ombre, s'assoit et se plonge dans la lecture d'une revue syndicaliste. Anthime rit aux éclats, mais il aimerait retrouver la terre ferme et se tenir derrière papa. Ne pas le déranger mais regarder les signes bizarres qui sont alignés sur le papier et puis, en cachette, toucher un peu le panama, sans trop le cabosser. Mais papa s'éloigne. Impossible à la mémoire de le rattraper. Maman, aussi, est partie. Le jardin est vide. Des moucherons tourbillonnent au-dessus de l'eau. Tiens! Voilà quelqu'un! Un petit garçon à la place d'Anthime : Maurice! Comme le temps passe! Maurice creuse des trous dans la terre et pousse un cri, de temps à autre : le train. Une jeune femme est à ses côtés : Nathalie. Anthime se précipite pour retenir Nathalie et pour barrer la route à Maurice qui veut s'enfuir et n'arrête pas de grandir. Mais Nathalie s'efface, au milieu des plis, dans le ciel qui s'use et Maurice a tellement grandi qu'on ne le voit plus. Entre les arbres, la maison est devenue triste, un peu ridicule aussi. De grandes casernes blanches entourent le jardin. Dans la campagne, on a coupé tous les genêts, tous les cyprès. Les oliviers ont disparu. Il n'y a plus de colline violette, le soir. La lavande est morte.

Anthime ne veut pas s'endormir maintenant. Les sentiments qu'il éprouve sont trop significatifs et les souvenirs ne doivent pas s'égarer dans l'incohérence. La lavande est morte. Sur les collines d'Aix, on a rasé les vieux moulins, aboli l'ordonnance des lignes, pourri jusqu'à la nature du sol. Il faut partir, quitter cette ville sans foi qui n'a pas su garder son trésor. Mais Nathalie ne voudra jamais le suivre : « Nous n'y pouvons rien, dit-elle. Les choses sont ainsi : On ne va pas se frapper la tête contre les murs. Il faut vivre. » Vivre à ce prix, jamais! Anthime cherche une place de professeur dans une autre ville. On dit qu'Avignon est défendue par des hommes de goût. Les technocrates ne l'ont pas encore abîmée. Mais le Rectorat acceptera-t-il sa mutation? Le Rectorat fait des difficultés. D'abord, il n'y a pas de poste à pourvoir. Il faut attendre. Anthime ronge son frein. Le spectacle de l'éverite au cœur des toits de tuile, l'omniprésence du mazout, du néon, l'agression des vélomoteurs dans les ruelles anciennes et jusqu'au fond des cours ordonnées pour le rêve lui deviennent chaque jour plus intolérables. Son humeur s'altère. Sa nervosité ne cesse de croître. Une idée fixe arrête désormais son esprit : les effets dissolvants du progrès matériel. S'il n'était libre penseur, il parlerait de Satan. Il se brouille avec ses meilleurs amis, hommes de gauche qui croient à l'émancipation des masses. Il les regarde comme des pharisiens : « En fait, dit-il, vous ne croyez à rien; sinon au confort. Et vous méprisez le peuple dont vous êtes issus et que vous prétendez défendre. Vous ne flattez jamais que son ventre. Au lieu de chercher à orienter ses goûts, vous riez quand il s'extasie sur une rengaine stupide et vous appelez cela la tolérance. Cette tolérance fait la fortune des magazines et du P.M.U. » On essaie de le raisonner, de le calmer, car personne ne voudrait se fâcher avec lui; mais il coupe les ponts : « Vous pataugez dans le compromis. Vous êtes les hommes du mélange. » L'art moderne lui inspire de sombres fureurs; l'avant-garde surtout. Il ne comprend pas ces intelligences attentives à nier la forme, à tuer l'esprit, et passe, désormais, pour un réactionnaire. Un réactionnaire, lui? Un des rares professeurs à avoir fait la grève pendant l'Occupation. Révoqué par le gouvernement de Vichy. Entré dans les Groupes Francs de la Résistance en 1942. Agent de liaison. Deux médailles qu'il ne porte jamais. Pour nourrir des sentiments prolétariens, faut-il se contenter d'adorer des magmas, des peintures innommables ou de disserter sur des romans illisibles ? La température monte. A force de sincérité, Anthime perd le sens de la mesure et des réalités. Au lycée, ses cours de français deviennent orageux. Il frappe sur son pupitre, accuse des hommes célèbres. On écrit au Proviseur. Le Proviseur a beaucoup d'estime pour Anthime. Il se contente de glisser dans la conversation quelques conseils discrets. Mais Anthime cède à la manie de la persécution. Désormais, le Proviseur est un ennemi pour lui, un faux frère. Il lui tourne le dos. A la maison, les choses ne vont pas mieux. Maurice, marié, n'y met plus les pieds. Il s'occupe de l'aménagement du territoire. Un symbole! Anthime ne cesse de grogner, de ricaner à son sujet et Nathalie n'en peut plus. Elle aimerait se reposer au bord de la mer, vivre entourée de gens normaux. Le style Louis XIII, à présent, lui fait horreur. Elle ne rêve que de cuisinières électriques, d'aspirateurs, de sofas; ne veut plus entendre parler de cadrans solaires, de mortiers de chaux, de terres cuites et de tissage à la main. Cet homme éternellement mécontent qui s'agite la nuit, vocifère à tout propos et ne se rase plus qu'un jour sur deux n'est pas un compagnon souhaitable. Il faut prendre une décision. Elle patiente encore un an, deux ans, trois ans. En 1962, Anthime a l'âge de la retraite. Il annonce à Nathalie son intention de quitter Aix, de se retirer à Sainte-Rose. Elle ne cherche pas à le retenir : « Je crois que tu as raison, dit-elle seulement. C'est l'unique solution. »

Le vent froisse les paupières entrouvertes et fait trembler les cils. Anthime vient d'oublier de respirer. Il étouffe. Sa bouche s'ouvre comme pour mordre le ciel. Il est presque heureux d'étouffer, de souffrir. Le souvenir que l'on vient d'évoquer vaut bien ça. L'unique solution! Cette douceur inexorable de femme. Cette résistance à bout.

— Je suis vraiment un homme impossible, murmure-t-il.

— Tu m'as parlé? demande Philippe.

— Non!

— Je croyais. Au fait, es-tu catholique ou protestant?

— Pourquoi me demandes-tu ça?

— Pour te connaître. C'est normal.

— Ni l'un, ni l'autre. Je ne suis même pas baptisé.

— Par exemple! Comme c'est bizarre!

— Je ne vois pas ce qu'il y a de bizarre. Et toi?

— Je suis catholique.
— Tu ne vas jamais à la messe.
— C'est exact.
— Alors, pourquoi es-tu si fier d'être baptisé?
— Tu ne comprends rien. Je ne suis pas fier.
— En somme, tu as perdu la foi.
— Bien sûr.
— Pourquoi bien sûr?
— A notre époque, tu sais...
— A mon tour de trouver ça bizarre. C'est une question de mode pour toi?
— Une question de progrès.
— Et Laurence, est-elle baptisée?
— Oui. Je ne vois pas le rapport.
— Alors, où commence le progrès?

Philippe ne répond pas. Il n'a jamais su parler de ces choses. Pourtant, c'est lui qui a mis le sujet sur le tapis. Quelle étrange initiative! Le froid exerce une influence néfaste sur l'esprit. On ouvre la bouche sans intention et les mots jaillissent au petit bonheur. Anthime, lui, ne plaisante pas avec la question. C'est le propre d'un idéologue, pasteur ou libre penseur. Dès qu'il s'agit de croyance, leur personnalité s'alourdit. Ils semblent vouloir se définir, en face du monde extérieur, par une absence totale d'humour. Ces braves gens s'imaginent qu'on perd la foi comme on brise une chaîne, après une crise de conscience traversée d'éclairs. En fait, la foi vieillit, se démode comme un costume.

Philippe est tout de même agacé. En somme, Anthime lui reproche d'être léger, de prendre ses options comme une femme. Ici, bien sûr, au milieu de ces rochers, on se laisserait volontiers emporter par les symboles, les idées pures. Croire. Ne pas croire. Voyager les yeux fermés dans l'espace immatériel. Se réchauffer à des prises de position définitives et mépriser les âmes tièdes qui oscillent entre deux vérités relatives. Mais on ne saurait passer son existence entre neige et roc, sous les étoiles et par moins vingt degrés. Pour vivre, il faut savoir descendre, transiger. Les réalités sont toujours un peu basses.

Philippe aimerait entamer une longue discussion avec Anthime. Il sent qu'il a beaucoup de choses à lui dire et notamment à propos du progrès. Il voudrait le convaincre et se justifier, comme si sa propre conduite avait besoin d'être approuvée. La science nous envahit, nous dépasse, nous étrangle un peu, mais nous en sommes responsables et sa vitalité devrait nous emplir de fierté. Il n'existe rien de plus désagréable à entendre qu'un cri d'enfant. On s'y habitue, pourtant.

La fibre paternelle s'éduque comme une lyre. On finit par aimer spontanément cette musique d'enfer. Philippe est très indulgent à l'égard du progrès et de ses discordances. Il a confiance en l'avenir; une confiance butée. Le thème de l'apprenti sorcier est un épouvantail dressé par les marchands d'amulettes à l'intention des esprits timorés. Quand on a des cartes dans son jeu, il faut les abattre. Le refus n'est pas une attitude d'homme... Oui, Philippe aimerait dire tout cela à Anthime. Il n'en fera rien, cela va de soi. Les idées les plus simples prennent, en plein air, un tour emphatique. S'il ouvre la bouche, ce sera pour parler d'anorak, de vitamine ou de chocolat. La trivialité ménage la pudeur. Tout bien réfléchi, d'ailleurs, Philippe ne souhaiterait pas de tenir un pareil discours. On a toujours le temps d'échanger des idées. Il serait plus urgent de se confier, d'exprimer certains sentiments que l'on commence seulement à entrevoir, de les expliquer. Anthime se figure, par exemple, que l'on éprouve une sorte d'allégresse à couper des mélèzes, à défoncer un chemin creux, à démolir un mur ancien. Philippe aimerait le persuader qu'il n'en est rien. L'arbre arraché, la petite source écrasée par le tracteur, le ciel sectionné par des câbles lui inspirent toujours un peu d'inquiétude en même temps qu'un remords diffus. Mais, il faut bien l'avouer, on se révolte parfois contre cet excès de sensibilité. Une excitation bizarre s'empare de la conscience et du cœur. De même qu'on s'acharne à coups de talon, inutilement, sur une bête à moitié morte. De même on rêve d'anéantir les vestiges de la nature et du passé. Il faut en finir... aller vite. Cette vie condamnée qui se tortille, ces regards pitoyables, cette tendresse coupable qui nous oppresse : il faut balayer tout cela. Une sorte de rage hitlérienne nous dresse contre tout ce qui n'est pas neuf. Table rase. Érotisme de l'homme d'action.

— Philippe, quelle heure est-il?
— Trois heures et quart. Tu as besoin de quelque chose?
— Non!
— En forme?
— En forme. Et toi?
— Si l'on veut.
— Dimanche prochain, tu sais, je n'apporterai pas le bouvreuil. Ta femme se moquerait de moi.
— Au contraire. Suzanne adore tout ce qui sort de l'ordinaire. Tu l'intéresses énormément.
— Comme spécimen.
— Ce n'est pas ce que je veux dire. Essaie

de comprendre! Au fond, elle s'entendrait mieux avec toi qu'avec moi.

— Cela m'étonnerait. Il lui faudrait la vocation du martyre.

— Mais non! On se fait des idées de loin. Finalement, on s'entend très bien avec toi.

— Tu veux vraiment me faire plaisir.

— Tu es stupide, tiens! Pourquoi chercherais-je à te faire plaisir?

— Je ne sais pas, moi. Par compassion.

— Regarde-toi dans une glace! Les vautours de ton espèce n'inspirent aucune compassion.

— A cette heure, je ne verrai pas grand-chose. As-tu seulement une glace?

— Oui, précisément. Elle se trouve dans la poche gauche de mon sac, à côté du Tricostéril et du sparadrap.

— Tu as le sens de l'organisation. Ce n'est pas nouveau.

— En effet. A l'école primaire, j'avais toujours une règle, un buvard, un encrier personnel et des plumes de rechange.

— J'aurais pu te faire la classe... un peu plus tard, au lycée. Les élèves dans ton genre m'agaçaient un peu. Je leur posais toujours des questions embarrassantes.

— C'est amusant, ça. Quelle question m'aurais-tu posée?

— Sur la poésie, je t'aurais cuisiné : Parlez-moi du rêve, Costa! Croyez-vous seulement au rêve?

— Pourquoi le rêve?

— Tu vois bien. A quarante ans, tu es encore embarrassé.

Philippe aimerait répondre. Les arguments ne manquent pas. Il cherche ses mots et n'en trouve aucun. Le bruit du vent sur la roche le distrait, en même temps que le battement de ses paupières. Les cils de la paupière droite demeurent collés. Le voilà borgne. Un gros nuage pèse sur ses yeux, l'enveloppe. Il est persuadé d'être encore éveillé et prépare une solide repartie qui va clouer le bec à Anthime. En fait, il ronfle déjà.

Anthime l'écoute avec intérêt. C'est la première fois que Philippe ronfle sur ce ton. On dirait qu'il est mécontent, qu'il s'adresse à des adversaires et les provoque. Les blaireaux doivent s'exprimer de la même façon. Anthime aime vraiment les animaux, quand ils ne sont pas trop domestiques. Il s'intéresse à leurs attitudes et trouve que rien n'est plus drôle, plus attendrissant qu'un museau : cette truffe noire qui s'avance pour une caresse, renifle avec timidité et se retire aussitôt. Hélas! Il n'y a plus de place, aujourd'hui, pour les animaux. On les traque, on les empoisonne; avec eux, disparaissent tout l'imprévu, toute la poésie des champs. Les effluves du gazoal tombent, le soir, sur les chemins de traverse, chassant l'odeur de l'herbe et des chevaux. Inutile de se tordre les mains! Le processus est inévitable? Sait-on jamais?

Anthime tremble un peu. Est-ce la fièvre qui l'excite à ce point? Mais non! Les étoiles changent de place, se mélangent, se séparent. Certaines s'isolent sur le verre du ciel qui se casse. Quelque chose se dessine. Quelque chose d'important. Anthime le sent. Il est sur le point de comprendre... mais de comprendre quoi? Il est incapable de le préciser. Le sommeil emporte sa pensée.

Philippe secoue la tête, refuse obstinément de croire à l'aube. Il doit être trois heures et demie. On n'a pas dormi. Assoupi seulement. C'est si bon de tirer l'échelle, de quitter un instant le monde précis. Philippe a l'impression d'être enfermé dans une calotte de glace. Il ne faut pas se réveiller brutalement, sinon la calotte va se briser et l'air, ensuite, coupera la peau. Là, sans bouger, à demi inconscient, on a presque chaud. Et si le jour s'était levé? Les paupières se rétractent avec colère et les yeux tombent sur une flaque de lait étincelant. Cinq heures moins le quart. On aurait dû se mettre en route à quatre heures. Il faut réagir immédiatement. D'abord, se débarrasser de ce sac de montagne qui entrave les pieds! Mais le froid paralyse les mouvements les plus naturels et les doigts se battent entre eux. Vite! Debout! L'air a le goût de l'acier. Le ciel mauve s'écarte de la pierre avec une transparence de quartz. A l'horizon, la lumière vaporise les créneaux et les tours. Philippe fait quelques moulinets avec les bras, pour se réchauffer, et pense à l'anorak qu'il a sur le dos et dont il va falloir se séparer. Sa colère se tourne à nouveau contre Anthime, le vieux maniaque équipé comme un clochard. Mystique de la pauvreté. Le confort humilie Monsieur. La foi sauvée par la guenille. En attendant, c'est Philippe Costa qui mettra la guenille. La toile mouillée doit être gelée, tendue comme une peau de tambour. C'est encore une chance. Le vent ne passera pas. On mettra deux gilets dessous; le second, celui d'Anthime, aussi gelé que la toile. Philippe est accablé, soudain, par le sentiment des difficultés qui l'attendent : du verglas sur toutes les prises; il faudra économiser les pitons, racler les fonds de tiroir. Le vieux ne s'en fait pas, lui. Il disparaît dans son sarcophage, à l'exception du nez dressé comme un périscope. Philippe se penche :

— Lève-toi! dit-il.

Anthime ne répond pas. Son nez est obstrué par des cristaux de glace qui descendent dans les poils de sa moustache. Philippe prend la tête d'Anthime à deux mains, la soulève sans ménagement :

— Lève-toi!

Anthime rêve qu'il se bat dans le sable contre une bête poilue. La bête l'écrase et le sable pénètre dans sa poitrine. Il entend une voix lointaine. On l'appelle. On vient à son secours. Anthime n'aime pas ça. Il préfère se tirer d'affaire tout seul.

— Réveille-toi! hurle Philippe.

Son cri s'étrangle. Il a très mal à la gorge. Il défait le lacet de la cagoule et dégage la tête d'Anthime pour lui frotter les oreilles. Anthime ouvre la bouche, montre les dents sous une lèvre qui se retrousse et qui saigne. Il manque d'air et voudrait bien qu'on le laisse dormir. Dans le sommeil, les poumons ne sont pas exigeants; un filet d'oxygène leur suffit.

— Encore toi! dit-il.

— Il est cinq heures. Il faut partir. Tu ne veux pas?

— Mais si!

Anthime éprouve une lassitude qui l'anéantit, comme au retour d'un voyage interminable dont on a oublié l'itinéraire et l'objet. D'où vient-il? Que lui demande-t-on? Le sommeil a laissé dans sa tête le souvenir d'un monde sans pesanteur et sans volonté. Ah! si Philippe n'était pas là! On pourrait retourner là-bas, s'enfoncer dans la ouate, ne plus s'agiter, jamais plus. Cette amertume qui serre la gorge, qui pince le cœur ne manque ni de charme, ni de douceur. Mourir. L'heure est sans doute venue. Malheureusement, Philippe est là. Il faut se tenir droit, jouer la comédie de l'effort.

Avant de se lever, Anthime se met à genoux sur le sac de couchage et fait semblant de chercher quelque chose, alors qu'il rassemble ses forces, tout simplement. Il claque des dents.

— Qu'est-ce que tu as perdu? demande Philippe.

— Rien. Je croyais... Rien!

Anthime regarde fixement le ciel et se lève en écartant les pieds. Le sol bascule en avant, mais on peut appuyer l'épaule et la hanche contre la paroi, d'un air naturel.

— Tu es un véritable phénomène, dit Philippe. Il faudrait des balles explosives pour te mettre sur le flanc. Tiens! Enfile ça!

— Non! Je n'ai pas froid.

Philippe a enlevé son anorak et grelotte. Le froid lui coupe la respiration :

— Dépêche-toi! dit-il sur un ton d'autorité exaspérée.

Anthime est encore trop endormi pour opposer une résistance soutenue. Il endosse l'anorak molletonné et ne prend même pas la peine de le fermer. Cette négligence indigne Philippe. Des perles aux cochons! pense-t-il.

— La fermeture Éclair, bon Dieu! dit-il.

Anthime le regarde en souriant :

— Ne te fâche pas! Je suis un peu sonné.

Philippe sourit à son tour. Il lui pose la main sur l'épaule :

— Ça ira, dit-il.

— Oui, ça ira, répond Anthime.

VI

Philippe se pend carrément au piton qu'il vient de planter, le front appuyé sur la paroi verticale. Son visage crispé, baigné de sueur, fume contre la pierre. La dalle convexe est passée. Il a fallu casser la roche pour poser les pitons et, sur des prises d'ongle, briser la glace à coups de marteau. Dix heures trente. La température s'est un peu adoucie mais l'air circule plus vite. Le sommet n'est pas loin. On le sent. Impossible de le voir, bien entendu. Ce mur vitreux s'interpose et tient le soleil à l'écart. Le bras de Philippe se détend et le granit répond à l'étreinte des doigts, équilibre les tractions et les poussées. A la limite de l'épuisement physique, cette harmonie donne un plaisir sensuel. Philippe s'arrête dans une niche, se retourne face au vide, appelle Anthime. La corde vibre autour de son épaule, commence à flotter. Anthime ne se fait pas prier. Philippe éprouve une immense gratitude à son égard. « Vous n'avez pas idée, messieurs, du courage de cet homme. » A l'horizon, la neige flambe dans de grands cirques aux reflets de cuivre. Philippe enroule la corde avec une lenteur passionnée. Ses yeux brillent. Après les épreuves qu'il vient de traverser, l'optimisme est un narcotique puissant. La fatigue serre, pétrifie ses yeux. De chaque côté de sa nuque, les muscles du cou, tendus à craquer, forment un nœud douloureux. Ses doigts sont gonflés, fendus par le gel. Une tache violette s'étend sur la deuxième phalange du pouce blessé. Mais l'optimisme est le plus fort. Parfois, Anthime, en bas, se laisse aller; une seconde seulement; il pèse de tout son poids sur la corde. Alors, Philippe rejette le buste en arrière, les mâchoires contractées, la bouche tordue. Qu'importe! Le sommet n'est pas loin. A midi, peut-être, on l'atteindra. On pourra vider le flacon de gin, ouvrir la boîte de pêches au sirop. Il faudra se mettre à l'abri, sur le versant sud. Ferret sera peut-être dans les parages avec l'équipe de secours. La corde s'arrête, hésite, oscille et repart pour s'arrêter à nouveau. Philippe tire doucement dessus, insensiblement. Il ne faut pas bousculer Anthime qui fait des miracles. Le temps presse, bien sûr. Chaque seconde inerte compromet les chances de succès... Tiens! Le voilà!

Anthime se dresse à côté de Philippe et se cogne au rocher.

— Ça va ? demande Philippe.

Anthime fait signe que oui. Il s'adosse à la roche mais ses genoux plient. Philippe lui trouve l'air reposé. En fait, il ne le regarde même pas. La proximité du sommet le surexcite et le distrait de toute objectivité :

— Ne bouge pas! dit-il. Je repars. On termine, tu sais. C'est l'affaire d'une heure.

Anthime voudrait boire mais, dans sa gourde, le thé est gelé. Il espérait aussi que Philippe lui donnerait quelque chose à croquer : des vitamines, par exemple. Il n'a pas faim, mais son estomac est creux. Ses jambes tremblent. Quand il regarde au-dessus de lui, le rocher tourne dans le ciel oblique. Une goutte d'alcool lui ferait du bien. Il n'ose pas la demander. Philippe a l'air si pressé. Anthime le regarde partir. Une grande faiblesse s'empare de lui. Il a envie de crier : « Pas si vite! Attends un peu! » Il a peur de rester seul. Dans sa bouche, l'air se liquéfie. Anthime n'a jamais connu l'angoisse. Il manque totalement d'expérience à cet égard. Il baisse la tête, les bras recroquevillés contre le roc. Mais la montagne n'est pas solide; elle bouge; elle va l'écraser. Il respire à travers des narines pincées, la gorge inondée de salive. Mourir tout de suite. En finir. Une cloche tinte. Mais non! C'est Philippe qui frappe avec son marteau. Le son magique!

Anthime, aussitôt, reprend courage, triomphe de son anxiété aussi facilement qu'on tourne un bouton. Que lui est-il arrivé? Il s'interroge et ne comprend pas. Le souvenir de cette terreur absurde le dépasse, l'ahurit. Le problème de la mort ne l'a jamais tourmenté. On n'a rien à dire, rien à penser sur le néant. Aujourd'hui, pourtant...

La pierre grise devient trouble et perd toute opacité. On peut voir des images au travers : un marronnier, des fleurs, une petite chambre avec une veilleuse allumée sur la table de nuit. Un brouillard recouvre les yeux d'Anthime, à cause de la veilleuse qui éclaire un visage sur l'oreiller. Anthime a douze ans. Son père pleure et lui dit que c'est fini. Maman est finie. Un moucheron se pose sur le lit, près de la main de maman. Papa l'écrase d'un geste nerveux. Le moucheron est fini. Tout cela n'est pas très sérieux... Anthime voudrait bien, à présent, penser à autre chose : au repas de dimanche prochain, par exemple. Mais dimanche prochain, c'est loin. Il lui reste si peu de forces. Il faudrait se bourrer de vitamines pour tenir jusque-là! Et justement Philippe est parti avec sa provision. Mon Dieu! Qu'on serait heureux tous les quatre au coin du feu! On dirait à Nathalie de venir. Il suffirait d'envoyer un télégramme; pourquoi pas? En ce moment, elle se baigne, peut-être; ou bien elle est assise sur le sable et répand sur ses cuisses une huile écœurante. Il faut être indulgent. Les femmes ont besoin de rites.

Un caillou microscopique tombe; et soudain... un bruit mat, affreux. La corde fait un bond en avant et s'arrête net. Anthime lève la tête mais son émotion est trop forte et son regard dansant brouille les formes et les couleurs. Où est Philippe? On ne le voit plus. Il faut prendre la corde pour point de repère, mais la montagne se déplace sans arrêt, penche comme un navire. Anthime s'accroche désespérément au rocher pour assurer son équilibre. A partir de dix mètres, tout se mélange. Pourtant, il faut retrouver Philippe. On ne va pas le laisser crever dans un trou. Le laisser crever? Mais il est là, bien vivant, sur la paroi. On dirait qu'il est pendu. Non! Il engage son pied dans une fissure. Les hommes de cette trempe ne tombent pas.

Anthime est heureux. Il voudrait encourager Philippe, lui dire quelque chose, mais il est incapable de crier. Sa voix se brise. Ce bruit mat, il y a un instant, l'avait impressionné. Philippe aura peut-être glissé ou bien le bruit était imaginaire. Anthime se repose à présent. Il attend que Philippe l'appelle. Pourvu qu'on ne l'appelle pas trop vite! Il a besoin de se concentrer, de mettre un peu d'ordre dans sa tête, un peu de consistance dans ses muscles. Sinon, comment fera-t-il pour monter? En face, la neige brille trop. Trop de soleil sur les cimes! Le monde facile! Anthime est fier de cette paroi hostile qu'il a choisie. Ici, pas de concessions, pas de clins d'œil aux touristes. Le sommet n'est pas loin. On pourra planer. Anthime tressaille : la voix de Philippe. Il serre les lèvres et commence à monter. Son cœur bat d'une manière indistincte et fluide. De petits corps électriques passent devant ses yeux. Il lui faut un quart d'heure pour rejoindre Philippe; un quart d'heure en prenant appui sur la corde, mais il a dérapé deux fois et puis les pitons étaient difficiles à récupérer. Il en a perdu quatre sur sept. Philippe lui tourne le dos. C'est curieux, de sa part. Sa tête est renversée. On dirait qu'il la soutient avec la main. Anthime n'est pas en état de parler. Sa main tombe sur le bras de Philippe :

— Attention! dit Philippe. Ce n'est pas le moment de t'accrocher.

Sa figure est couverte de sang; son mouchoir aussi. Anthime veut à tout prix faire quelque chose. Il fouille dans ses poches. Il n'y a rien dans ses poches. Ce geste absurde ne soulagera pas Philippe.

— Que s'est-il passé? demande-t-il d'une voix entrecoupée.

— Une prise qui a lâché. Heureusement, j'étais assuré. L'épaule a amorti le choc, mais le nez a porté. Rien de grave. Ça ne saigne plus. Et toi, comment vas-tu ?

— Pas mal.

— Tu veux boire ?

— Non !

— On va casser la croûte au sommet ; ça te dit ?

— Oui.

— Encore vingt minutes et c'est gagné.

— Vingt minutes ?

— Peut-être moins. Ne t'endors pas !

— Je ne m'endors pas... Philippe ?

— Oui.

— Tu vois le sommet ?

— Tout à l'heure, en tombant à la renverse, je l'ai vu.

— Comment est-il ?

— Il a une sale gueule... comme nous. Reste là. Je t'appellerai.

Philippe recommence à grimper. Il est parti sur un rythme rapide, d'un air farouche. Il faut, parfois, jouer la comédie pour se donner du cœur. Surtout quand on a un témoin et que ce témoin est en plus mauvaise condition que vous. Mais, à présent, Philippe est tout seul. Ses mouvements sont moins vifs, moins assurés. La glace se dérobe sous les coups de marteau, jette de petits éclats ;

ses reflets ont une présence animale. Philippe a l'impression de porter un pavé sur le front. Il ne sent plus son nez dont le cartilage est un peu écrasé, ni ses lèvres fendues que le froid gonfle et durcit. Le sang caillé s'arrête dans les poils de sa barbe; une barbe de trois jours. Le rocher paraît moins vertical, moins rigoureux, mais il s'agit probablement d'une feinte. Il faut redoubler de prudence. L'existence est à la merci d'un détail infime. Cette écornure, par exemple, masque un piège. L'écaille est bombée sur un plan de deux ou trois centimètres qui semble travaillé par des eaux savonneuses. La partie se joue sur un dixième de seconde. Pour la perdre, il suffirait de cligner les paupières. Au moment de l'assaut final, on pense trop à l'objectif. On jette ses dernières forces dans la bataille, en comptant sur la rage pour vaincre. Quel enfantillage! La rage n'a jamais rendu service à personne. Il est indispensable de mesurer chaque geste et de prévoir le geste suivant. Plus que jamais. L'attention est à l'affût d'un prétexte qui lui permettra de se relâcher. Il n'y a pas de réflexe qui tienne, ni de mécanisme ou de routine. La conscience doit se charger de tout.

Le terrain devient cahotique, coupé de cheminées où l'air s'engouffre. Les dalles se craquellent et des fissures innombrables traversent les grands piliers. C'est bon signe.

Le sommet est annoncé. Philippe aimerait courir, avaler ces rochers d'un saut, mais il se domine, ne change rien à la cadence, les pupilles dilatées au centre des yeux douloureux. Le voilà qui chevauche une arête croûteuse. Sa tête lourde est attirée par un abîme où l'air s'amasse comme de l'eau, mais ses doigts ne quitteront jamais la pierre. Il faudrait le tuer pour lui faire lâcher prise. A présent, le vent est un peu fou. On dirait que la roche glacée brûle les mains. Il faut garder son calme, contrôler sa respiration, apaiser les mouvements désordonnés du cœur. Ici, la montagne s'écroule; le granit éclate sur une corniche éblouissante, dressée comme une proue. On voit le ciel au-dessus. Le ciel! Philippe contourne la corniche, taille quelques marches dans la neige qui craque. L'air monte soudain, l'enveloppe de toutes parts. Le soleil lui donne un grand coup de lance. Le sommet!

Il est exactement midi.

Midi et demi. Anthime ne souhaite qu'une chose : précéder la tension de la corde. Mais il faut que Philippe lui laisse le temps de monter. Anthime veut grimper sans aide. La présence morale de la corde lui suffit. Il lui arrive, parfois, de glisser, de rester pendu. Ses doigts griffent la pierre et ses jambes tricotent dans le vide, mais c'est la faute de

Philippe qui s'impatiente. Tout le monde veut aller trop vite et les mouvements s'exécutent en désordre. Anthime n'a besoin de personne. Il trouve l'escalade facile et se félicite de progresser rapidement. En fait, ses gestes sont extrêmement lents. On dirait un géologue qui s'intéresse au grain de la roche. Sa tête est légèrement affaissée, mais il juge la position commode pour surveiller la montagne de près. Il respire à petites goulées, entre les dents. Sa vue est de plus en plus trouble. Il aperçoit des formes bizarres : un chien, par exemple — un chien sur le granit à plus de quatre mille mètres d'altitude — et ne s'en étonne pas. Au fond, la réalité n'est pas immuable. Ce sont les hommes qui ont l'esprit étroit. Le rêve les inquiète; ils dressent contre lui des machines énormes; mais le rêve est partout, derrière la machine, attendant son heure. Anthime, grâce à lui, peut se tenir droit; ses membres, vidés de leur substance, exécutent des ordres miraculeux. Il vient de ramoner une cheminée et grignote, à présent, un rocher couvert de verrues. C'est mystérieux, la pierre. On s'imagine la toucher comme un objet quelconque, comme un encrier, sans même savoir ce qu'il y a derrière. En creusant, on trouverait certainement des lettres gravées ou des nappes d'eau. Philippe ne devrait pas tirer sur la corde de cette façon. Ce petit matheux veut toujours commander.

Anthime arrive sous la corniche et ferme les yeux à cause de la tache blanche. Il casse un morceau de glace entre ses doigts et le porte à sa bouche : un berlingot de Carpentras. Rien n'a changé. Le goût de la menthe est toujours aussi froid. La corde se tend. Ce Philippe est incorrigible. Anthime chancelle, tombe sur les genoux, se relève, fait quelques pas, retombe et se dresse au-dessus de la corniche. Il reconnaît Philippe. Une joie folle l'envahit. Il veut rire mais le vent le soulève comme un costume vide.

Une heure moins cinq. Philippe, à genoux sur la neige, essaie de ranimer Anthime. Il lui verse un peu de gin sur la bouche et sur les narines, mais ses doigts fendus ont beaucoup de mal à tenir la fiole et le vent disperse les gouttes. Soudain, Anthime grimace, éternue et se met à tousser.

— Bois! dit Philippe.

Anthime continue à tousser. Un filet de sang coule à la commissure de ses lèvres. Il cherche un mouchoir. Philippe lui donne le sien. Anthime s'essuie la joue longuement, puis se gratte les poils du menton.

— Maintenant, bois! dit Philippe.

Anthime prend la fiole et serre le goulot entre ses dents.

— Qu'est-ce que tu fais? demande Philippe.

— Je m'amuse. On est arrivé. On a le temps.

— Tu ne veux quand même pas coucher ici?

— Moi, je veux bien.

— Essaie de te lever, malgré tout!

— Laisse-moi boire!

Anthime avale une gorgée d'alcool et fouille dans ses poches.

— Que cherches-tu? demande Philippe.

— Mon couteau.

— Ton couteau? Pour quoi faire?

— Pour couper le saucisson.

— Il n'y a plus de saucisson, tu le sais bien. Et puis on ne va pas manger ici. Il faut chercher un endroit abrité.

— Attends! Je peux très bien me lever tout seul.

Anthime repousse le bras de Philippe qui veut l'aider mais il s'accroche en même temps à ce bras. Sa tête est inclinée sur le côté :

— J'aurais aimé m'arrêter au sommet, dit-il. Tu ne me laisses pas regarder.

— Eh bien! regarde, mon vieux! Regarde, mais dépêche-toi!

Philippe parle d'une voix rude. Anthime aime bien le ton de sa voix. Il est heureux d'être ici, près d'un ami, sur cette bosse blanche, en plein soleil. Sa vue brouillée ne porte pas à dix mètres mais l'air qui monte autour de lui, qui fait trembler ses yeux, le renseigne sur le paysage. C'est exactement comme s'il voyait toutes les crêtes, tous les pics, tous les petits nuages superposés et ces clochetons, par centaines, dispersés sur les trous bleus. Philippe s'aperçoit qu'Anthime regarde du mauvais côté. Je me demande ce qu'il a pu remarquer d'extraordinaire, là-bas, se dit-il. On ne voit que le ciel. Philippe devrait commencer à perdre patience, normalement. Il est une heure et quart. La descente par le versant sud ne présente aucune difficulté sérieuse mais si l'on ne part pas immédiatement Anthime ne sera plus en état de marcher. Il faudra le traîner sur la neige au bout de la corde, comme un cadavre, ce qui ne pose aucun problème tant qu'il y a de la neige. Plus bas, dans les rochers, comment va-t-on procéder? Philippe est très inquiet mais cette inquiétude n'affecte pas son humeur. Il a passé un bras sous l'épaule d'Anthime et n'ose pas le bousculer. Lui aussi est heureux d'être ici, malgré la fatigue écrasante, malgré le temps qui fuit et malgré le soleil qui creuse les orbites. Il éprouve une tendresse bizarre pour ce vieillard têtu qui se conduit comme un enfant, qui, jusqu'à la dernière minute, lui aura donné beaucoup de mal. Il lui arrive même d'être influencé et de raisonner à son tour comme un illuminé. En ce moment, par exemple, il songe à s'emparer du paysage. L'occasion ne se retrouvera peut-être jamais plus.

— Philippe?
— Oui.
— Tu devrais me laisser ici. Je n'arriverai jamais jusqu'en bas.
— Mais si! Tu es capable de tout, quand tu veux.
— Je voulais arriver au sommet. Le reste m'est égal.
— Tu vas, quand même, un peu marcher.
— Non! Je ne tiens pas debout. C'est toi qui me portes.
— Ne t'occupe pas de moi! Marche! Qu'est-ce qu'il y a?
— J'aimerais jeter un coup d'œil derrière.
— Derrière? Et pourquoi?
— Revoir la corniche.
— Nous n'avons pas le temps. Il faut partir.

Anthime fait quelques pas, glisse en avant. On dirait qu'il le fait exprès. Philippe le retient et regrette de n'avoir pas chaussé les crampons. Pour l'instant, la pente est très douce. Un seul piolet suffit.

— Tu te fatigues à cause de moi, dit Anthime.

Dès qu'il fait un effort, sa voix devient presque inaudible.

— Ne parle pas! Respire avec méthode!

Anthime ricane et se met à tousser. Le mot « méthode » l'avait amusé. Philippe attend la fin de la quinte, les yeux brûlés par le vent qui souffle de plus en plus fort, puis il pousse Anthime en avant, d'une main, sans le lâcher, tandis que, de l'autre main, il assure l'équilibre de l'ensemble avec son piolet :

— Avance, mon vieux! Moi aussi, je n'en peux plus.

Il sait qu'en disant cela il obtiendra tout ce qu'il voudra d'Anthime mais ce demi-mensonge l'écœure un peu. En montagne, le pathétique est une chose très laide. Anthime se raidit, rassemble ses dernières forces, lance le regard devant lui, comme un fou. Il marche. Il veut même courir et ses genoux s'entrechoquent. Philippe n'en demande pas tant :

— Pas si vite, dit-il. Je ne peux plus te suivre.

Il le suivrait volontiers jusqu'au refuge, à cette allure, si seulement Anthime pouvait tenir la cadence. Pour l'instant, Anthime ne faiblit pas mais il baisse légèrement la tête en avant — au lieu de la rejeter en arrière, en position normale de descente — et son souffle devient rauque. Philippe aimerait l'encourager, lui dire toute l'admiration qu'il éprouve à son égard, sans faire allusion à la pitié; mais il ne trouve pas ses mots :

— Quel phénomène! dit-il.

Anthime aperçoit un nuage rouge qui vient à sa rencontre, qui va certainement l'aveugler. Il cherche à l'éviter mais ses jambes se dérobent. Il tombe aux pieds de Philippe qui n'a pas eu le temps de le retenir et qui l'empêche, à présent, de glisser. Anthime ferme les yeux. Ses mâchoires sont étrangement serrées. Philippe lui parle. Il ne répond pas. Le vent siffle sur la neige et soulève une poussière blanche qui monte en volutes vers le soleil. Impossible de rester là! Il faut trouver un abri. Si la caravane de secours pouvait arriver maintenant... Philippe s'accroupit auprès d'Anthime, l'allonge correctement sur le dos, vérifie la fermeture des gants, de l'anorak, de la cagoule, lui attache les pieds dans un nœud coulant et le traîne sur la neige au bout de la corde. Cinq mètres de corde, seulement. Philippe gagne rapidement du terrain, à grandes enjambées, enfonçant le talon, à chaque pas, d'un coup sec, mais la pente s'accentue. Il s'arrête pour chausser les crampons et jette un coup d'œil à la dérobée sur Anthime qui ne semble pas avoir repris ses esprits. Il l'appelle, sans cesser de s'occuper de ses crampons. Anthime secoue la tête. A la bonne heure! Mais, pour l'instant, il vaut mieux qu'Anthime ne se réveille pas tout à fait. Cela évitera des explications. Philippe repart et se met à courir, entraîné par la pente, remorquant toujours Anthime qui glisse sur la neige tôlée comme un traîneau et qui, parfois, va plus vite que lui, menace de l'emporter. L'air paraît moins vif. Le vent faiblit. On se trouve déjà à plus de trois cents mètres au-dessous du sommet. En contournant ce dôme à gauche, on doit rencontrer la première arête. Derrière, on sera à l'abri.

Anthime ouvre les yeux. Il se demande pourquoi le ciel tient tant de place et glisse sur son visage avec un bruit de train. Et pourquoi la terre tressaute-t-elle comme la mer ou comme une motocyclette? On rencontre à présent des motocyclettes sur les glaciers. Nathalie avait envie d'une voiture décapotable. Elle n'osait pas l'avouer. Quand Maurice entrait dans la cour avec son Alfa Romeo, elle caressait les portières, touchait les boutons sous des prétextes divers, en rougissant un peu. C'était indécent. Anthime aurait voulu acheter une charrette et l'atteler à un petit âne. Mais un professeur de lettres qui habite une ville ne doit pas s'écarter des conventions. Quand on s'écarte des conventions, les femmes souffrent, paraît-il. Tiens! Le nuage rouge qui reparaît. Il se place devant le soleil. La nuit tombe. Décidément, ce lit ne tient pas d'aplomb. Tous les ressorts du sommier doivent être cassés. Il faudra se plaindre à la femme de chambre ou au gérant.

Philippe vient de contourner le dôme glacé. La pente s'arrête dans une combe étroite, à l'abri d'un éperon rocheux. Maintenant, on va pouvoir s'occuper d'Anthime. Philippe l'installe confortablement sur la neige, la tête légèrement relevée. Il lui donne de petites tapes sur les joues, après avoir desserré la cagoule, et veut le faire boire. Il ne reste qu'une goutte de gin dans la fiole. Il s'agit de ne rien gaspiller. Mais Anthime n'entrouve la bouche que pour la refermer aussitôt. Il faut employer la manière forte. Philippe réussit à introduire le goulot de la fiole entre les dents. Malheureusement, Anthime se met à tousser et le liquide s'écoule sur les lèvres. Philippe en humecte ses mains et frictionne le visage d'Anthime. L'air ne coupe plus. Il fait presque doux; mais l'éclat de la neige aveugle Philippe qui n'a pas eu le temps de mettre ses lunettes noires. Encore une entorse aux principes! On risque une bonne ophtalmie. Anthime revient à lui. Il reconnaît Philippe et semble avoir quelque chose à lui dire. Sa gorge émet un son animal.

— Alors, ça va mieux? demande Philippe.

Il compte ses derniers comprimés vitaminés. Il en reste quatre. On en donnera trois à Anthime. Lui, Philippe, croquera le quatrième. Finalement, il introduit les quatre comprimés dans la bouche d'Anthime :

— Avale tout! dit-il.

Il décroche son sac, l'ouvre, le vide en partie. La vue d'un papier graisseux contenant du jambon le fait défaillir. Il meurt littéralement de faim. Mais il ne faut pas quitter Anthime une seconde. On mangera quand il tiendra debout. Philippe coupe un petit carré de chocolat, l'approche des lèvres d'Anthime qui le rejette d'un coup de langue. Philippe recommence avec un morceau de sucre et réussit à l'enfoncer dans la bouche d'Anthime qui le recrache en toussant :

— Je ne peux pas, murmure-t-il.

— Attends! Je sais ce qu'il te faut.

Philippe ouvre la boîte de pêches au sirop et présente à Anthime une cuillerée de jus. Cette fois, Anthime l'avale. Philippe lui donne une autre cuillerée; puis une autre encore.

— Assez! dit Anthime en serrant les dents.

Il réprime un hoquet, roule des yeux effarés, puis regarde Philippe intensément.

— Tu veux quelque chose? demande Philippe, d'une voix étranglée.

Anthime secoue la tête et continue à le regarder. Il veut mourir tranquille. Pourvu que Philippe ne dise rien, ne fasse rien! Les secondes sont si rares et la nuit tombe si vite. La neige est violette, déjà. Philippe a compris. Il se tait. Il ne remue pas le petit doigt.

— Philippe?
— Oui.
— C'était bien... ces trois jours.
— Vraiment bien, tu sais.
— Je... voulais...
— Tu voulais?
— Dire... confiance...
— Confiance, oui.

Anthime n'a plus le temps ni la force d'articuler. C'est dommage. Il avait tant de choses à dire, des choses importantes à propos de l'avenir et de tout. Il est désespéré de n'avoir pas réussi à se faire comprendre, mais Philippe le rassure d'un mouvement de tête. Pauvre Philippe! Ses yeux ne sont pas tranquilles. Il veut sourire et n'y parvient pas. Mais il recommencera. Il est si courageux. A présent, Anthime peut regarder ailleurs, orienter son voyage. Le sang quitte ses bras, ses lèvres et le nuage rouge se pose à nouveau devant le soleil. Une fontaine coule, quelque part, dans le crépuscule. Ce bruit de l'eau, c'est le bruit de l'enfance, le petit bassin du jardin d'Aix-en-Provence où tombent les feuilles de marronnier.

DU MÊME AUTEUR

nrf

LA MORT DU PANTIN
LE PHARISIEN
LA PAROI
L'HIVER D'UN GENTILHOMME

*Cet ouvrage a été composé
et achevé d'imprimer par l'Imprimerie Floch
à Mayenne le 18 juillet 1986.
Dépôt légal : juillet 1986.
1er dépôt légal dans la même collection : juillet 1973.
Numéro d'imprimeur : 24465.*

ISBN 2-07-036158-6 / Imprimé en France.

38578